U0519982

对话异托邦

自我，异乡与理想

张林 著

商务印书馆
2019年·北京

图书在版编目(CIP)数据

对话异托邦:自我,异乡与理想/张林著.—北京:商务印书馆,2019
ISBN 978-7-100-16433-7

Ⅰ.①对… Ⅱ.①张… Ⅲ.①随笔—作品集—中国—当代 Ⅳ.①I267.1

中国版本图书馆 CIP 数据核字(2018)第 166432 号

权利保留,侵权必究。

对话异托邦:自我,异乡与理想
张林 著

商 务 印 书 馆 出 版
(北京王府井大街 36 号 邮政编码 100710)
商 务 印 书 馆 发 行
北京市白帆印务有限公司印刷
ISBN 978-7-100-16433-7

2019 年 7 月第 1 版	开本 880×1230 1/32
2019 年 7 月北京第 1 次印刷	印张 9¼

定价:45.00 元

目 录

永不停息地记录：人文地理学者的精神 ········· i
前言 ········· 1
慌乱起点 ········· 5
文化休克 ········· 12
环境优美 ········· 16
经验检验 ········· 22
乐在善途 ········· 28
书山有路 ········· 34
免费自由 ········· 39
月明故乡 ········· 45
美在边界 ········· 50
再做学生 ········· 58

奇葩背后 ········· 65
周末野营 ········· 71
美国鬼节 ········· 82
教育为本 ········· 88
不务正业 ········· 95
穷不是罪 ········· 102
感恩的心 ········· 110
大爱无疆 ········· 116
房奴历险 ········· 121
何处天涯 ········· 128
圣诞快乐 ········· 137
五味元旦 ········· 145
何以解忧 ········· 151
打折生活 ········· 159

雪中情深	168
舌尖美国	178
人机大战	186
文化韵味	195
兔子下蛋	203
清明随想	210
社会良心	218
人生多歧	227
艺无止境	240
登斯楼也	251
归去来兮	259
对话时间	265
后记	275

永不停息地记录：
人文地理学者的精神

　　为人作序头一遭，竟然是为张林兄的大作。这着实让我有些百感交集。

　　初识张兄是在西北师范大学，当时我们都在地理与环境科学学院读研究生，他高我一级，因而是名副其实的师兄。事实上，在我们共同的爱好——下棋、诗词、学术研究等方面，他都高我不止一级，是我们学习的榜样。特别是，他从美学、艺术角度研究旅游并有所建树，在当时非常难得，这使得他具有一种天然的、独特的人文气质，我觉得这对人文地理学者来讲最为重要。他硕士论文答辩时，除了扎实的研究获得一致好评外，填的一手好词也技惊四座，由此成为学院的传奇。

　　共同的志趣爱好使我们成为朋友。虽然毕业后，大家天各一方，各自奔忙，但我和他经常联系，得知他还开拓了学习型区域研究这一新领域，为他感到高兴。我在读博士期间，有时打电话与他交流思想心得，耗时很久，他也非常耐心地听取并真诚地给出评价和意见。这种君子之交的状态一直保持着。

一晃多年过去。我们都进入了人生的中年。我和他都先后出国研修。他将出国的见闻思考记录下来，发布在QQ空间，我觉得非常有意思，还与他互动讨论过几次。但是，当他告诉我他已经积累了20多万字，并将精选的10多万字的文稿发来时，我还是吃了一惊。我将它们打印出来，厚厚的一叠。不禁想到自己和多数同行，出国访学可能各有收获，但形成这样一份厚重的东西可谓少数。这叠文稿背后的辛劳是可以想见的。面对它以及它背后的这个"有心人"，惭愧、羡慕、钦佩、欣赏……百感交集。君子之交，虽不谋面，以文会友，文如其人，见文如见其人也。作为朋友，我欣喜地看到他能有这么厚实的积累。

如果让我用一个字概括对该书的感受，就是一个"精"字：精炼的题目、精心的内容、精致的思想、精到的笔法。确实，这些随笔来自于生活中的所思所想，最后凝练为这样一部精品，殊为不易。更重要的却是，这是一本反映和体现人文地理学者精神的书。

永不停息地记录：人文地理学者的精神

什么是（人文）地理学者的精神？这在当下以及之前的中国地理学界，是一个长期被忽视的问题。"地理学之父"埃拉托色尼创用了"geography"一词，意为记录地球，这是对地理学者最基本，也许也是最高的要求。无论是记录，还是地球，其实都有着非常复杂、深刻的意涵。就记录而言，"谁"的记录，记录什么，为"谁"记录以及为何记录？在何时何地、用什么方法记录？记录的是真是假？有何意义？这一连串问题，伴随着地理学的起源一直到现在，答案莫衷一是。实际上，从来都没有单纯的"记录"。正如张林兄在此书中记录了自我与他者，家乡与他乡，中国与美国，此时与彼时等多种时空和叙事一样，我这篇序也是一种记录，或者是对他的"记录"的记录，它与这本书一样混杂着不同的感情、地点、时间、记忆、概念、场景、人物、故事等，是一个变化旋转着的多棱镜或多面体，而不是单一的、静止的镜面。它可能集中在一个人与物上，却蕴含、衍生和反射出源源不断的关系和故事。这也是"异托邦"一词的含义。它不仅是单纯的、虚无缥缈的后现代概念，更是我们的生活。还有什么能比如实地、不断地记录我们的生活更重要？记录不是简单地浮现生活，它本身也是生活的一部分。它不仅仅是描述和再现生活，也是在创造生活，这是"记录"的平凡与不凡之处。所以，地理学者的精神，正在于以其对地方乃至地球的经验和抽象，不断记录并更新着记录，由此而记录和更新着生活。

不管任何记录，归根结底是一种属于自我的事情。国内学界往往把"自我"看得很低，或者把它视为"科学"或"客观"的大敌，避之唯恐不及。这种倾向正在慢慢发生转变。即使对"科学"研究而言，自我不也是最真实的一种"客观存在"吗？尤其在现代人文地理学中，自我与他者的话题成为讨论的焦点。后现代地理学对地点、自我、身体、想象、叙事、个体的关注与阐发，既是对"科学主义"的批判与回应，更是自我意识的必然回归与觉醒。跳出这些名词或"主义"之争，不回避，面向"真实"或错综复杂的现实，才是真正"科学"的或者学术的态度。张林兄的记录虽则都是自我出发，但不是"偏"见，而是反映出他对不同文化、制度、地方、物质生活及其互动和生成机制的敏锐观察和审慎反思。这种源自现实生活的、人文主义的视角和价值追求是这本随笔成为精品的最大理由。它标志着作者在思想和学术上已经达到一个纯熟的新高度。

当然，除了高深的立意、通俗的笔调、精彩的故事、诗意的写法之外，这部作品还有很多值得玩味和令人深思的细节。比如对知己只是自己的喟叹，从现实之路到人生之路的引申，以及对不同人物的出色的白描手法等，都是非常好的看点，值得读者诸君在阅读时留意和体会。

　　作为同行、朋友和师弟，我由衷地祝贺张林兄的大著出版，乐见其成。所谓同道中人，同声相应，同气相求。也许，记录的权利在于作者，但一旦记录出来，它就不可避免地被分享、评价、延伸乃至误读，这是读者的权利。对作者而言，更重要的是继续记录。永不停息地记录，既是我们的志趣，也是我们的荣耀。因此，让我们继续，再继续。

叶　超

前　言

　　天秤座的人貌似平衡，实则不平衡。表面上我不喜欢动，但一动就是千里之外，仿佛只有跨越千山万水才能够找到心中平静。以前，确实这样，以后，还会这样吗？

　　最早离家而居是在小学五年级，那时我十一岁。住宿学校，需要学生行李自备、粮食自备。学校离家三公里，每到周末，我就一头挑着米一头挑着书包去学校。当时人小，担子老擦地，我却不要父母送。其实母亲不放心，总在后头跟随我好一段路，看着我过了山坡，径直往学校走，才放下心来。这个细节我很久以后才知道。中学一二年级走读，早晨七点半出发，八点钟刚好赶得上课。下雨天偶尔迟到一两回，当然也会受罚。我的班主任梁老师温柔美丽，罚我扫地的面积总很小，手脚勤快的我三下五除二就解决了。初中三年级学校号召寄宿准备中考,再次离家而居。因为我爱学习,肯帮人,睡觉倒头就睡,很少调皮捣蛋,老师喜欢我,同学多是好朋友,出门在学校是快乐的,并没有离愁。相反,离开家的庇护,可以做个小小的我——刷牙洗脸、添衣服减衣服自己做主,此外有一点花钱的自由——从饭钱中省出一两毛零钱买糖、买瓜子等等,与同学共享时,像个大户。

真正识得离愁是在芷江师范。也许是年少气盛,也许是挫折强烈,年少的我内心激荡难安。生平第一次眼泪打转,虽然并未掉落,别人也未体察,记忆中依然清晰可见。这种离愁不是离开家乡,而是离开常轨步入中师,使得高中大学成为另一条路的风景。"独怆然而涕下""风流总被雨打风吹去",寂寞满眼无从排遣,都融进了古典诗词,"少年不识愁滋味"只是辛弃疾,"海天愁思正茫茫"仿佛是我。没有存在感的存在,自我丢失。心若不安,何处归程,是漂泊,无尽的漂泊,是栏杆拍遍之后的狂歌痛苦,是"世混浊而莫余知兮"的彷徨。"吾方高驰而不顾","安能摧眉折腰事权贵",这一丁点儿清高其实是臆想出来的。如今已是中年的我,蓦然回首那段刻骨铭心的青葱岁月、那段灵魂炼狱的时光,非常庆幸自己一直在挣扎而不是沉沦,也醍醐灌顶地明白,人不能因为环境不好而放弃自己,要挣扎才有机会。

中师毕业回乡教书，期待的是山那边的世界，故乡却如异乡。经过几番挣扎，终于从小山村到了大城市长沙。麓山叠翠，湘江云飞，洞庭遥望，南岳惊魂，但灯红酒绿、歌舞升平的城市环境差点让年少青春迷失了方向。人生路上，风景固然美好，与谁同行却更重要。一些人挣脱了苦难，却淹没在繁华，因为缺少人生高度的标杆。幸好有良师诤友，见贤思齐，在长沙，摇落了浮华，明白了自我。自此，愤懑的青春流入学术深潭，静水流深，波澜不惊，宠辱随他，自我即自在。不曾想到，遥远的异乡西北竟然是灵魂的归宿。大漠孤烟、祁连晴雪、甘南天阔、兰州威武，高山深谷、跌宕起伏的自然当然是壮丽辉煌，豪放诗人、淳朴牧民、贫瘠百姓、坚韧僧人，面对寒暑与苦难的人也是恬淡自在。看多了自然的沟沟坎坎、人间的沟沟坎坎，心底的沟沟坎坎渐渐地消失了。理解他我，自我更自在。更不曾想到，在东北长春面壁三年学老僧没能入定，看茫茫雪原空即是色、色即是空，反悟出我是书生、书生是我。

十多年东西南北漂泊换来了十余年的安居乐业。在广西白手起了家、养了娃，谈古论今教学相长，书海遨游亦未有涯，但脚步生根梦却没有开几朵花。抹不开面子，拗不过繁华，泰然流俗气，肚胖如冬瓜。中年的危机，在于感觉太好，信仰松弛，待到一地鸡毛，惊呼怎么不是原来的"我"，而是现在的"他"。要做回自己，想想还得到天涯。

2013年获得了国家留基委"西部项目"的出国资助，但是，抛不开家事琐事也就考虑不了出国事，如今岁月静好，自己可以选择离开一段时间。三月份开始启动出国程序，不停地填写各种表格，不停地准备、报批、审批出国文件。五月底走完了国内程序，接下来不停地准备外国文件，填写表格、预约、签证、兑换外汇，待到机票确认后就可动身飞往美国——地球另一边的那个遥远异乡。其实，三年前我曾到过美国培训学习，只是蜻蜓点水，时间太短，不能充分领略多元思维的包容、理性批判的启蒙、实践哲学的力量，也心存诸多疑问，例如，欧洲的思想为什么会在美国生根发芽茁壮成长，为什么美国人那么简单却有活力，人的聪明应该用在哪些地方才算对？

"我思故我在"，思考关涉什么样的世界在自我上投影出什么样的影子，是人类标识自我的核心途径，因为思考不只是考虑世界在心灵的投影，也辨析不同的镜子映照出什么样的世界。风在漂泊，身在漂泊，心在漂泊，世界也在漂泊。追求美好是漂泊中唯一不变的，就像变化星空中的北极星。

在漂泊的车轮上寻求永恒，我行，故我在。

慌乱起点

从南宁到纳什维尔长路漫漫，需要先从南宁飞广州乘国际航班至洛杉矶，再从洛杉矶乘坐美国国内航班到亚特兰大转纳什维尔，杂技中的空中飞人看起来很享受，商业领域里的空中飞人看上去令人羡慕，自己做回空中飞人才觉察到他们跨越空间、征服空间的不容易。

承载着亲朋好友的祝福，晚上九点半广州起飞，从东半球太平洋西岸的中国到了西半球太平洋东岸的美国，一夜千万里，时空大转换，但在机舱中，时空仿佛停滞。机舱空间狭小，座位肯定不大，卡顿其中，身体不能舒展。晕来晕去，睡了好几回，醒了好几回，睁眼闭眼，机舱灯光昏暗，不明昼夜。唯一可拓展的空间是座前的视频，但节目陈旧，随便点点看看，反衬着自己的无聊，而无聊是时间沙漠，不能生长任何鲜活的记忆。

　　从夕阳如血的空中着陆，夜色正慢慢降临，洛杉矶华灯初上。下了飞机，脚踏实地，却不像大地之子安泰一样，立刻满血复活，而是有点虚浮，无力地随大流朝前涌去。到美国来的中国人太多，海关人员不得不让出澳大利亚和加拿大的过关通道给中国入境者过关。排队等待，简单招呼、看邀请函、核相片、按手印，四十分钟的出关还不算漫长。而四十分钟的行李等待却显得有点煎熬，我在等自己的行李——一个毫不起眼的黑色普通行李箱。直到最后大家的行李几乎都取走了，对照行李单和机票贴条，我才确认了自己的行李。因为赤条条的行李箱被彩色包装带五花大绑，与我原来的箱包不一样。打开行李才知被海关检查过，里面多了张海关检查单，这张单据带给我一些紧张，读懂了才不慌张。

　　带着行李在洛杉矶机场转乘美国国内航班，工作人员跟我说行李可以直接转运，这令我喜出望外。不带行李的我，在夜色中走出大门后也未感轻松，因为洛杉矶机场的国际大厅到国内大厅之间廊道路灯实在太暗，看不清标识，怕迷失方向。直到再次过安检进入候机厅，才放心下来，这才觉得饥肠辘辘。喝点水，找点吃的，等待凌晨一点飞往亚特兰大。坐等候机，呆若木鸡，似乎没有疲惫，只是有点迟钝。

旁边一个年轻女孩正给她男朋友打电话，情话在深夜里非常动听，命运的浮尘上闪过别人的湿润与温暖，勾起了我的思乡之情——该给国内家人报平安。赶忙连接免费WiFi，长途电话"告爹娘，休把儿悬念"，微信告知朋友们"莫牵念"，剩下的时间在琢磨着"一帆风雨路三千，把骨肉家园齐来抛散"的探春和亲时究竟是悲是喜。她"生于末世运偏消"，"各自保平安"就是最大的喜悦，我庆幸自己生于发展的中国，有机会出国学习，回报祖国，保平安只是最低的满足。

六个小时飞行后到达亚特兰大，已是次日早上八点，九点转飞纳什维尔，期间仅一个小时，下飞机、找登机口都要快速。美国机场信息指示牌标注规范，地理学背景的人方位感好，我很快就找到登机口再上飞机，一小时后到达纳什维尔，下飞机后一看，时间还是九点零八分。原来是美国采用分区时间，洛杉矶采用太平洋时区时间，亚特兰大采用东部时区时间，而田纳西采用中部时区时间，与亚特兰大相差一个小时，与洛杉矶相差两小时，航空运输标识的都是当地时间。艾丽斯（Iris）年轻、干练、劲爽，工作出色，在美国中田纳西州立大学已经是副教授了，她从纳什维尔机场接我并送到已在中田纳西州立大学附近的Campus Crossing（校园路口）公寓住下的校友家。

吃过午饭，去公寓办公室办理住宿，发现美国住宿规则很奇怪。田纳西的学生公寓实行"一人一房"（One Person One Bedroom），夫妻住也算两个，两岁以上孩子单独另算，号称是独立。中国父母眼中，孩子都是父母的一部分，不管十六岁还是六十岁，孩子两岁那是怎么也不可能让其单独睡觉培养独立精神的。可怜的美国夫妻，如果响应时代号召"活到老学到老"，住在学生公寓，不仅得各睡各的，好不容易找机会生下的孩子，两岁起就需要孤独地睡在自己的房间里，美国出生率不高是因为这个吗？给我登记租房合同的那位美国女孩叫安（Ann），可能也是这么着过来的孩子，孤独得过了头可能影响了智力，竟然算不清楚自8月20日起租期四个月要到哪一天结束，有点中国俗话"绣花枕头内包糠"的味道。这数学水平差点让我惊讶得要掉下巴，我给她算吧，我的姓写在纸条上给她，却也给弄成了CHANG，心底疑惑字母难道也不认识？赶紧纠正过来吧。她让我在纸质版住宿合同上签了名，忘记了还要电子版签名。第二天，当我交纳相关费用时，另一个女孩才告诉我，合同是无效的，因为没有电子签名，而且说按照公司规定，住宿截止日期都是月底，超出几天，都按照月份算。如此荒唐的规则，如此不讲信用，难以理解，加上语言不到位，沟通困难，最终我愤然不签，离席而去，心里只怪自己在国内没提前做好租房准备。其实，出国前还是为房子操心过，只是中国美国时间黑白颠倒，联系不便，通过中国中介询问，答复半年基本不租。请留学生或者访问学者在国外帮订，事情繁杂，因为签合同不仅需要护照号，而且需要签名，只有自己亲自来美国才能订上，或者以美国人的名义代租后再转租。先到的老师在 Campus Crossing 询问可以短租，放心让他代订，却不料规则如此奇葩，对于打算带孩子来美国的访问学者并不适合。

晚上住在三英里外的美国超值旅馆（American Value Inn），用旅馆的 WiFi 在网上看各种租房信息，决定自己找房子。但时机并不好，适逢美国中田纳西州立大学开学，大多数房子几个月前就预订完毕，所剩无几，要不就是空房档期不对。好不容易有一两处合适的房子，希望按图索骥尽快将房子订下来。刚到，没有车，走路远且不方便，到沃尔玛买了辆 148 美元的绿色环保变速自行车，这样不仅可以找房子，以后还可代步，更可以健身。美国的道路一般留有自行车道，没有自行车道的地方，可以骑人行道，反正，人行道上没有多少人。不料天公不作美，头日细雨绵绵，次日滂沱大雨，第三天阵雨来袭，骑着自行车在风雨中东奔西走，哪能不湿鞋、不湿身？心塞的是，即便这样，也打动不了一些美国人，他们的别墅（Single House）宁愿空着也不租，至于原因，听得不很明白，不怪他们语言讲得太快，也不怪刚到的我颠倒时差,单凭我这"落汤鸡"一样的外国人,他们就不会信任,当然会找原因拒绝。更悲催的是在第四天,才骑了两天的自行车在 Campus Crossing 公寓被偷。这盗贼真厉害,两把锁、绑铁柱都不起作用,两辆自行车(包括另外一位老师同时购买的一辆)一次就偷走了。美国经济这么发达,有些人性却也没有太大的进步,我气呼呼地跑到办公室申诉,他们说不是他们的事情,公寓不管财产安保,当质疑"谁该为这事情负责"的时候,他们提供了一个警察局的电话号码后又扭头工作,剩下我目瞪口呆。在风雨交加的傍晚,只有请人送我回酒店。

晒了一天太阳,淋了几场暴雨,折腾了几天,不仅房子没有租成,还丢了自行车,头重脚轻,心力憔悴,差点生病。想起保险还没有买,在美国生不起病啊。没有选择的选择,将就在 Campus Crossing 住了下来。住房是一个公寓四房中的一间,三间均为黑人舍友。其中一个妇女(女孩)在她的房间门口写着"Be yourself in your home"(在自己的家里活出自我),她还养了条宠物狗并在客厅里做了个狗窝给其睡觉。我天生对猫狗过敏,向物业诉说,得到的回答是——她交纳了宠物费,宠物会到处走,不可能永远锁在房间里面。

与田纳西的华人朋友交流,他们说,这些都是非常小概率的事件，正巧都给我碰到了。高尔基说"苦难是人间大学"，我到美国还没有进大学，已经饱尝一点儿苦难。英语谚语说"Well begun is half done"（好的开始是成功的一半），我想说"Bad begun is double experienced"（坏的开头有双倍的体验），意外的体验，会让你看到更多、更全面，并可深入观察和分析生活中的美国而不是概念中的美国。

文化休克

十多年前，看了一篇文章"Where am I in the globalization"（全球化的我在哪里），印象特别深刻。作者认为，全球化的一族，在纽约、巴黎、东京、香港等国际大都市飞来飞去，住的是喜来登、希尔顿等全球连锁酒店，到哪里都差不多，没有什么地方感。其实，空间永远都是以地方为基础的，全球化的人总会落在地方上。只是在全球化的时空压缩下，空间转换对于人的行为影响更为深刻。

在跨文化管理中，当人们到国外工作、留学或定居时，常常会体验到不同程度的心理异常反应，会突然发现——高速运转的生活突然中断，自己什么都不能干，你说的别人听不懂，别人说的你老是误会，专家称之为"文化休克"。奥博格（Kalvero Oberg）从信息社会学解释文化休克："由于失去了自己熟悉的社会交往信号或符号，对于对方的社会符号不熟悉而在心理上产生的深度焦虑症。"

文化休克多半是发生在国外，以语言为代表的社会交往符号的变化是文化休克的主要原因，国内的水土不服原因没有包含语言，但也有文化休克。我个人认为，语言变化不是根本性的原因，信息不对称带来的行为能力低下，进而导致思维焦虑、烦躁、安全感降低，环境控制的自信丧失，才是文化休克的核心。

信息不对称往往来自于外来者对地方地理认知的不充分。人来自于尘土归于尘土，虽然尘土的物理、化学性质大体一样，但是，地表环境却千差万别。你或许诞生在黄土高原，也许在湖南山地，或者密西西比平原，无论在哪里，家乡的山川、河流、森林、道路及社区点、商业街，构成了饮食起居等生活地理的坐标，熟悉这些坐标是你高效生活和舒适幸福的来源之一。异乡他乡，不过是地图上的一个点，随着地图比例尺的扩大，更加细致的山水都可以标记在上面，但是山是符号，水是符号，照片中的人也是符号。当你进入一个新地方，地图上的所有标识，几乎都需要重新还原为感官和经验的图式。来美国之前，知道默弗里斯伯勒（Murfreesboro）是中田纳西州立大学所在地，附近是亚特兰大（小说《乱世佳人》主人公斯嘉丽的故乡），来之后才知道两者距离并不很近，飞行也需一小时。默弗里斯伯勒周围的商店、学校、租房，原来田纳西州地图上标不出来的小点点、谷歌地图上可视化的三维立体图像，都需要你的脚来度量、眼来观察、心来体会。地方信息如果不转变为经验知识，休克是难免的，因为脑子里没有清晰的图式，脚怎么走都会迷失方向，又如何能产生有效的行动？

地方感缺失也是休克的主要原因。地方感是人对地方的感知反应，也是塑造地方性格的主要途径，关西大汉往往怀抱铁板琵琶唱秦腔，而苏杭美女一般手执红牙檀板哼评弹，可见地方是有性格的。地方感依赖于地方特征的元素来体现，是日积月累的结果。回想家乡，一山一水总关情，情到深处有时会热泪盈眶，因为那些山山水水是你情感发生地，而情感，是无数次春花秋月之后的文化产物。虽然山水不能感知你的心情是多么激动或者悲伤，但是，你的情感却在将环境拟人化，"一切景语皆情语"，想象着人与地理环境存在某种程度上的心灵感应，就像原始的巫师总是凭借着自己想象的暗语与自然沟通一样。当你进入不熟悉的异国他乡，情感找不到依托的凭据，就像一些美国自动取款机（ATM）不能识别中国银联卡那样——分明有钱也不能取，满腹的情绪无法表达，"便纵有千种风情，更与何人说"。当一首《秋思》"云淡秋色远，树高雁声寒。朝朝还暮暮，款款谁与谈"

作成之后，田纳西的大雁、秋色等地方性因素被纳入了中国古典山水诗的框架中，对地方的心理认同逐步开始，休克的情感在中国诗的意境中淡淡地复活。

时差或许加重文化休克。换个地方，需要时差调整，调整不好也是休克的潜在因素。人的恋地情结，不仅在于依赖土地给你食物，给你住所，给你满眼的风景，还在于不停转动的地球，隐约控制着你的生命周期、生理脉动和生活情绪，昼起夜伏、朝九晚五等习以为常的生物、生理乃至心理节奏，其实与地球、太阳之间的运动位置相关。从中国到美国，时差刚好十二个小时。经过十二小时的夜间飞行，到美国再过十小时的黑夜。当经历了二十二小时的黑夜到达了亚特兰大，朝阳新鲜得像刚从微波炉拿出来的黄金大饼，表面上金灿灿的，我怎么都觉得太阳里面是烤焦了的。刚到时，往往在刚过两点的深夜就醒来，望着天花板数看不见的星星，想起有首歌叫《白天不懂夜的黑》，暗叹夜也不懂寂寞的眼，不管是血丝的红眼还是无聊的白眼。

十多天过去了，校园熟悉了，街道熟悉了，人也开始熟悉了，地方感在强烈生长，虽然不是满血复活，但是休克不再。

环境优美

上次到美国马里兰就为其优美环境所吸引。天蓝蓝，白云飘，背书包上学校，培训放学哪里去，跑步散步少不了。美国人少，他们都有车，很少在外散步。在学校附近小区跑步散步，遇到人比较罕见，碰到松鼠很正常。每次遇见，松鼠都会先看看你，觉得你没有什么恶意，就跳到树下捡果子，然后一溜烟儿跑回树上。有次在买菜途中，竟然看到梅花鹿在公路上散步，汽车司机还等它优哉游哉地横穿后才开走。

田纳西位于美国中部密西西比大平原，星垂平野阔，地广人更稀。天空如果没有乌云，就只剩下湛蓝。绿草苍苍，高树排排，林荫覆盖的公路密如蛛网，汽车就像在蛛网上快速爬行的甲壳虫。风在天地间自由地吹，吹起白云，吹落黄叶，但是几乎没有扬尘，更不用说雾霾。

来田纳西半个多月了,发现夏日骄阳确实如火,夏日暴雨的确倾盆。那天去找住宿,淋得像个落汤鸡,躲在美国别墅的屋檐下,看骤雨瓢泼,地面转眼涓涓细流,汇入门前的草池,无声息地流进了下水管道。心情虽有失落,倒也不像美国 Johnnie Ray(约翰尼·雷)的"Just Walking in the Rain"(《漫步雨韵中》)所描述的那样糟糕透顶:

Walking in the rain,	雨中散步,
Getting soaking wet,	全身湿透,
Torturing my heart,	心受折磨,
By trying to forget.	何以忘忧。

暴雨半个多小时后就云收雨散,雨后的空气特别新鲜,

没有尘土味,负离子却很多。可惜这时乌鸦哑哑地叫,如果换作黄莺,该多好,天然凑成一幅"池塘生'秋'草,园柳变鸣禽"。

在田纳西,别墅几乎都是砖木结构,房前屋后多有参天大树,树龄即便没有百年,也有五十年。院前院后都有草坪或者花园,因为楼房不高,只有一两层,苔痕上阶绿是比较自然的事。与国内的方形、圆形、土地整齐划一不一样,美国的院落草地并不追求刀削一般地平整,而是略有起伏,旁有凹地杂草丛生,构成一个临时水塘。池塘形状有圆有扁,线条流畅,池塘外连接下水道,直通河流。河流堤坝形状也是 W 式的流线型,既可以减轻暴雨的冲刷力,也可以容纳更多的水量。从中也可以看出,田纳西流域治理实现了从生活到生态的系统设计。

我记忆中故乡大抵是这样的:门前古树,流水绕树而过,喜鹊枝头报喜,大家树下乘凉拉家常。田园情调是非常自然的记忆,以至于后来读田园诗都像是在读故乡的景致。很遗憾专业和工作集中在经济管理方面,属于林黛玉不喜欢的"仕途经济"类别,几乎离开了诗。离开田园的诗,离开了诗的生活,就像离开了水的水泥,名字还是水泥,实质上缺了水,只是松散的泥土。住在高楼林立的写字楼里面,面壁苦禅,写论文枯燥得确实像搬水泥砖块。每年寒暑假回到老家，与云伴月，听涛看花地住上几天，是最休闲的日子，神仙一般。不过现在回乡，田园情调已经有所改变：古树大多不见，木屋都改为砖房，整齐划一的道路将溪流挤成两半，此外，到处种上菜，味道不太对，还可能踩到"地雷"（狗屎或者其他）。在美国，除了汽车停放在一小块砂石或者水泥工地上，庭院都是草地，极少有菜地。有人问，美国人为什么不种菜？不是美国人不勤劳，而是种菜的时间太长，收获太低。超市有便宜而干净的蔬菜，为什么要自己种？如果将种菜的时间用于读书，收益会更好。

一些人认为美国环境优美主要是因为美国地广人稀。人少，自然就保护得好；人多，破坏性就强。然而，新加坡、中国香港的人口众多，日本也不少，但是环境都保护得好，可见人口规模和密度对环境破坏没有必然联系。有人说，经济发展水平高才会保护好环境，这个似乎有道理。但是，不丹、老挝等国非常贫穷，环境依然美好，人民心灵福泽充盈。此外，全球资本主义的环境剥削也是观点之一。美国学者哈维（David Harvey）就认为，全球资本主义的链条将经济、社会和环境问题串联在一起，成为一个相互关联的世界性问题。美国经济发达，工业水平高，"三高一低"的低端产业几乎都转移到了第三世界国家。在环境成本和收益中，全球空间是非均衡的，美国获得了环境收益，发展中国家承担了环境成本,所以,沃尔玛等跨国企业的全球采购将环境问题分散到世界各个角落,发展中国家因此承担了不该承担的环境成本。

不过,应该反思的是,经济增长一定要以牺牲环境为代价吗?能否降低发展的速度来换取环境的可持续性?田纳西是美国农业州,在美国发展历史上一直处于追赶者角色。这个州渴望发展,但在招商引资的过程中并没有用环境代价来获取经济利益,即便近十年来转移到田纳西的产业,如汽车、电子产业等,都不是高污染的企业。对这一现象我很好奇。

自1970年以来,经济社会环境的可持续倡议已经传播四十多年了,但是,缺少必要的社会组织的监督和保障,可持续发展理念落实还面临着一些问题,环境问题背后的组织问题值得深思。在美国(包括田纳西),从宏大理念到微观实践,除了政府倡导、公民环境自觉之外,环保组织的力量是不可忽视的。作为非政府组织,环保组织紧盯着企业的环保问题向政府施压,企业因此老老实实遵守规则,政府也不敢轻易得罪环保组织。美国环境的多元管理,切实而有效,是环境优美的最大组织保障。

人的生物本质是地方性动物,无论是美国人、中国人,还是欧洲人、非洲人,吃喝拉撒都离不开环境,我们对于居所——大地，充满了诗意的期待，这正是我们文明人类与动物的最大差别。希望人类文明不是金钱至上、急功近利，满目疮痍的环境怎能给人类美感？

我坚信，唯利是图应该不是发展的本来要义，发展应该是满足人类生存福利，这种福利不仅仅是金钱，还应该包含社会关怀和环境友好。

经验检验

人依赖于经验生活,与动物依赖经验生活并没有两样,趋吉避害都是本能。人之所以优于动物,是因为人类在检验经验的过程中不断超越经验得出一般性规律的能力比动物强,这种能力是在经验的比较和总结中培养的。叔本华告诉我们,幸福是相对的,痛苦也是相对的,从比较中来认识幸福和痛苦,我们会理解得更加充分。幸福和痛苦依赖于人的经验,经验检验是一个不断试错的过程,上一次舒适的经验或许为下一次折磨的经验埋下伏笔,因为检验经验的结果可能在你意料之外,或者是对下一次的幸福要求太多带来痛苦,或者是你原来的经验经不起检验。

上次到美国是组织安排,留下一段幸福回忆。由于组织之间沟通频繁、流畅,行程早已排定,住宿、生活、培训等方面安排非常妥当，我们到美国只需要按部就班地学习就行了。虽然知道过了海关是美国，华盛顿达拉斯机场接机的人是马来西亚的华人，汉语讲得很地道，语言心理上还是中国的。入住宾馆房间可以观看CCTV4，第二天到Great Wall（大中华）超市买来了胡椒、辣椒、电饭锅、大米、油盐酱醋，生活心理也是中国的。上课老师讲的当然是英语，但是一边拿着有道翻译一边听讲，小组讨论马上回归汉语，学习还是中国的；学习之外到美国社区参观，周末坐地铁去华盛顿逛街，一个团二十人抵得上美国一个小社区的人，除了讨价还价用英语之外，讨论的更多的是品牌、价格、折扣等，消费心理还是中国的；Outlets（品牌折扣店）熙熙攘攘的黄色面孔，不是山西、北京的，就是广东、浙江的，反正都是同胞啊，对物质的渴望，都还是中国式的，甚至有伙伴渴望中国引进Outlets该多好。

上次经验告诉我，美国空气好，交通方便，物价便宜，商业氛围尤其浓厚，因此，没能够充分预计到这一次的折腾。

这次来美国，出国前，夫人给我联系一位美国的朋友来接机。

我说："不用了，他们工作很累的，我自己坐地铁去就可以了。"

幸好夫人做国际交流业务，对田纳西多少有点了解。她说："没有地铁。"

"那就公交吧。"

"公交需要从机场到市区，再到中田，你还得自己到旅馆。"

"难道没有出租车吗？"

"应该有，但是不知道是否多。"

到了纳什维尔机场，艾丽斯教授接我，在车上我很谦虚地感谢她的辛勤付出，说本来可以坐公车或者地铁的。她说："在美国只有大城市才有地铁，田纳西及其周边地区都没有，公交也不多，出租车需要预约。我来接你正好！你不用客气。"幸好她来接我，因为中田纳西州立大学并没有什么招待所，最近的旅馆大多在三英里之外了，到美国超值旅馆已经月上柳梢。如果没有她的车，不熟悉路况的我可能半夜都不一定找到地方住宿，还很可能被误认为流浪者。

作为现代工业的标准产品，汽车是美国标准的交通工具，汽车驾驶证可以视同为身份证，不仅商场办会员卡用得上，连国家投票选总统也可用上。飞机是加强版的汽车，空中航线多如牛毛。亚特兰大到纳什维尔汽车车程三小时，飞行时间就一小时，但是依然设立航线。大巴，只在校园周边见到，用来接送学生上学。城市有公交车叫 Rover（洛夫），半个小时一趟，偶尔看到 Raider Bus（雷德班车），那是城际间的，据说很慢。校园内多是自行车，代步是必定的，沃尔玛卖的更多是山地自行车，用来健身的。

在超市买到了电饭锅、炒菜锅，但买不到锅盖。租房一般没有 WiFi，需要自己买路由器，由于学生刚开学，竟然断货两天了。Just in time（及时管理）等管理模式都标准化到教材了，但物流体系强大的沃尔玛，在应对即刻事件上，并不如教科书上写得精彩。上次来美国，不理解丽莎教授说她憎恨沃尔玛。到田纳西之后，发现沃尔玛一枝独秀，只有 Riverstone Mall（石头河商场）、Avenue（大街商场）才有较为浓郁的商业氛围，但不如马里兰地区的商业多样而丰富，而 Kroger（克罗格）、Target（塔吉特）、Bargain Hunt（打折店）和 Goodwill（商誉）等规模小，经营似乎不好，像极了沃尔玛的穷弟弟。方便再方便、低价更低价，大型超市挤压了小型零售商的空间，更不用说摆地摊了，我想起丽莎教授的憎恨是有道理的。沃尔玛牛肉、猪肉、鸡肉都是标准化的，蔬菜种类少，只有芹菜、生菜、胡萝卜、白菜、土豆等十来种。作为消费者，你需要按照沃尔玛的标准来生存，人的身体几乎是沃尔玛组装产品，你的组装跳不出它的套路，当然你的口味、你的胃、你的身体也标准化了，你变得没有特色，没有个性，没有韵味，这让很多留学生想念家乡的菜、家乡的味道。

报到、注册、填写I94表格、缴纳保险,都是非常流程化的事情,分别在国际交流处、学生处,但是,牵涉到各院系,需要合作导师、院系主任签字。美国留学生和访问学者太多,新生入学,无论国内还是国外学生,一视同仁,各项工作均需要自己动手,没有类似国内一些学校设立的留学生绿色通道。由于在国内忙于杂事,美国导师没有定下来,跟中田国际交流处联系过几回,说是委托了人在做,但我至今未见到委托人。在商学院华人教授凯文(Kevin)帮助下,顺利联系到了一位优秀的导师,相对于那些尚未联系好,甚至来了几个月导师都尚未确定的人,我相当得幸运。在美国,预约是一项基本活动,学生与导师之间、与管理人员之间甚至与学生之间,要联系均需要写信(电话)—预约—同意—见面。这个过程冗长,需要美国式的沟通方式和耐心,那些引起注意和被关注的信件往往是独特而富有人情味的。

人文地理学是研究差异化的世界中人地关系的学科。人对地方经验的差异不仅来自于地,也来自于人。两次经验比较,我发现了一些地方差异,例如,马里兰、华盛顿、纽约、洛杉矶等东部发达地区与田纳西等南部地区的经济发展在交通建设、零售商业、开放程度等方面的差异,也检验了我两次来美国的身份差异——作为组织的个体经验与纯粹个体经验的差异。在经验检验过程中,不断调整行为,因为这是一个人与地方互动的过程,在这循环过程中,人的能力会螺旋形上升。

    快一个月了,我的经验基本检验完毕,后面需要检验的是能力。

乐在善途

生年不满百

佚名

生年不满百,常怀千岁忧。
昼短苦夜长,何不秉烛游!
为乐当及时,何能待来兹?
愚者爱惜费,但为后世嗤。
仙人王子乔,难可与等期。

龟虽寿

曹操

神龟虽寿,犹有竟时。
腾蛇乘雾,终为土灰。

> 老骥伏枥，志在千里。
> 烈士暮年，壮心不已。
> 盈缩之期，不但在天。
> 养怡之福，可得永年。
> 幸甚至哉！歌以咏志。

《生年不满百》，我读过多次。这首诗慨叹人生苦短、成仙太难，"千岁忧"忧的是还有多少快乐不能享受，属于马斯洛需求低级层次中的生理享受。曹操的《龟虽寿》同样感慨人生短暂，"老骥伏枥，志在千里"将人生的需求、品位和抱负提高了好几个档次，属于马斯洛需求层次中最高层次的自我实现。中国历史上，持曹操这种人生观的人比较少，大多数信奉及时行乐。

不管是中国人还是其他国家的人，及时行乐还是及时行善，都是人生中一个不能回避的大问题。行乐，是对自己好。行善，是对别人好，然后才获得自己的乐。文字中最温暖的词就是善。中国文化中，善良是最美好的基本品质，所以《三字经》开篇就是"人之初，性本善"。中国文字中，善就是好，我们也经常称善良的人为好好先生。英文词中，善对应着是"good"或者"kindness"，kindness就是善心，good就是善心带来的好处，哲学用语善是good。在西方文化中，美好品质包含了"真善美"，前面有真，后面有美，善是美好品质的核心。

　　文字总会在现实中找到地方生根发芽，善也是如此。无论中国还是西方，寺庙是善行集中的地方，是人生心灵的避难所，偶尔也是人生理的寄宿地。《红楼梦》里贾雨村没钱赶考住在葫芦庙里面抄抄经也能混口饭吃，巴黎圣母院为乱跳乱唱的艾丝美拉达提供庇护，因为到了寺庙、教堂，善心被唤醒，仇恨被减轻。当然，寺庙还是功德捐献的地方，如果善心找不到目标，可将钱捐献到寺庙，经由寺庙来惠及众生。无论国内国外，现在有点文化的庙宇都成了旅游资源，供人游览，都收门票，希望这些能够广开善缘、累积因果、福不唐捐。偶尔我也会到寺庙，见菩萨佛祖慈眉善目正俯瞰芸芸众生，就了悟红尘滚滚容易迷糊双眼，需要善知善行。因此，总是提醒自己：到任何寺庙，多少要捐一些香火钱，如果寺庙在景区，就老老实实买票之后再捐一点。我只希望善心确如香火，丁点火焰就能使得善意随香味弥漫宇宙乾坤。

　　中国寺庙多修建在远离红尘的深山老林，修行的人需要跋山涉水、劳筋动骨，在艰苦过程的体验中坚定信仰。美国教堂就在房舍周围、公路附近，茶余饭后都可以见到教堂屋顶的十字架，神好像就在身边，信仰的成本低。市中心附近教堂密集，每几百米外就有一个，虽然教派不一，默弗里斯伯勒还有条街道就叫教堂路（Church Road）。信教的人在家里每次吃饭之前要祷告感谢主，周末都要去教堂做礼拜，这是美国的文化习惯。他们宗教仪式有时间约束，并在俗世层面得到了普遍的遵循。我们中国人历史上也曾有吃饭之前敬天地，初一、十五要烧香的文化传统，只是我们的仪式和内容都没有标准化，大多数人也没有形成自觉。我们平时也不到寺庙去，除了旅游，到寺庙的人多半是有急事，抱佛脚意味着最后的希望。

教堂是行善的地方。行善不仅是施粥或者提供免费午餐等，更显示大家生活相互关心。热心肠的老奶奶、老爷爷，都乐意到教堂为他人做点事情，或者帮助照看孩子，或者陪孩子玩耍，也与人分享自己家庭的快乐。许多留学生到美国去教堂，不是为了信教，而是因为一些退休的老教师会为外国留学生免费培训英语，这些免费的善行能切切实实带来好处。

到美国后，我去过几次教堂，但连所到的教堂名字都记不住，只是对英语老师康妮（Connie）印象深刻——好一个优雅的美国老太太！她原来是大学教师，退休后一直在教堂免费给外国学生讲授英语，因为只有教堂的教室是免费的，找其他机构上课都需要付房租。课程总是从她美好的家庭开始讲起（第一节课就跟我们分享她最近添了两个孙子，是双胞胎，一共有六个孙子了），然后开始学习词汇，阅读或讨论信任、耐心、美好等论文或者话题。我原以为她住得很近，上个星期天受邀请到她家参加聚会才发现，她赶到教堂来给我们上课要驾车二十五分钟左右，九点半上课意味着九点她就要出发，如果算上备课时间，那么她付出时间更多。她的健康并非上佳，身体看上去很胖，有点哮喘，课堂上时不时咳一下，但是，精神很好。上周末给我们认识obituaries（讣告）这个单词，她解释说："在美国，某个人过世了，大家都不悲伤，甚至很快乐，因为，带着一颗行善的心升入了天堂。"美国人葬礼可以简朴，讣告却必须隆重，因此，一些人的讣告甚至占据了新闻报纸的整整一版。美国中产阶级开始深刻反思拜金主义的严重影响，他们对广告、美女、时髦、金钱逐步看轻，写进讣告新闻中的盖棺定论的内容不是赚了多少钱，而是捐了多少钱。讣告中，越是善举，为别人做的越多、提供的帮助越有效，死者的荣誉往往越会光耀后人。这与中国的"积善之家必有余庆"类似，不过有点小区别，虽然都是行善，但"余庆"话里多少还是包含了一些功利主义倾向。

在中国，宗教信仰自由，我并不信教。但我还是仔细思考了一下，美国人为什么能淡看生死也并不害怕恐惧，原因可能并不是教堂真多、礼拜要做。因为寺庙或者教堂只是灵魂的驿站，只是善的外在表征之一，是人性中的善赋予了神和寺庙的含义。相信善，就相信神，就相信寺庙，教堂、课堂、邻里都可以是行善之地。不相信善，腰缠万贯也会见利忘义，丁点权力也会仗势欺人，在寺庙也会行凶作恶，更无论其他地方。

按我的理解，宗教的本质是有希望、有爱、有善行，其实，这难道不是每个人每天应该有的生活状态吗？"南朝四百八十寺，多少楼台烟雨中"，虽然现在没有了"四百八十寺"，但心底的善已经建立，开办企业让人就业解决温饱，精准扶贫让人脱贫生活美好，传播知识让人明了是非，这些都是善行善举。远离损人利己、及时行乐、没有未来的颠倒梦想，每天面对自己的灵魂，善言善行，心中有善，心中有寺。

我相信，行善的人在每个生命驿站中都会得到休憩和力量，因为乐在善途。

书山有路

出国前回乡一趟，老朋友、老同学相聚，席间表扬我十年寒窗、读书认真、成绩好，真是"书山有路勤为径，学海无涯苦作舟"。我回答说，不会做其他，只好读书勤快、找点乐趣。其实，我读书没有什么大志向，大多数时候，都不求甚解，也不太认真，并不寒苦，只是老朋友的小孩在席，不好意思说罢了。

小学中学时，我读书确实是认真的，门门功课考试都名列前茅。上大学反而不太认真，不爱读的书，翻几页就会丢到一边，不管是否要考试。不过考试也不怕，考前突击学习，60分万岁。在长沙读书时，多半都是65—70分，考试成绩上80分，那一定是老师仁慈。但是，对于爱读的书，肯定会一遍又一遍地不厌其烦地读，《红楼梦》《金瓶梅》《围城》

《金庸全集》《莎士比亚全集》等，我自己也不知道读过多少遍，越读越有味，读了还想读。其实，这些书中既没有黄金屋，也没有成绩单，有几个"颜如玉"，还属于别人的！读自己喜欢的书，最大的感受，就是快乐。因为世界是那么复杂和精彩，人生是那么有趣和独特，小说、戏剧、诗歌都是对精彩世界的表现，尤其是当现实呈现出戏剧的色彩，发现芸芸众生与书中角色有时能对号入座，就更加有趣了，也更加佩服作者对世界的洞悉和把握。

要说读书一点功利心都没有，那也不是。考硕士、考博士，都是认真读书的，考分要上线啊！我有句口头禅：专业是饭，业余爱好是菜，专业不好，不能养家糊口，业余爱好不多，味道太单调。虽则如此，我还是遵循快乐第一，读书要有味道，做研究也要有味道，没有味道的研究我也不想做。从古板的公式背后读懂逻辑的精巧，从枯燥的数字中读出柴米油盐，从不同的文献中读出作者差异的世界观，研究中还是有趣可寻的。不过，我这种读书法似乎与其他人不大一样。博士期间发表论文的压力、毕业答辩的压力都无从推卸，与同学交流，大都吐苦水。但既然读了，到底要找点乐趣啊，苦中作乐才能忆苦思甜！

工作后，读书情况有了重大变化，安排别人读书多而深，自己却读得少而慢，总归咎于工作忙、家庭忙，时间好像被零刀碎剐,其实是缺乏约束之后的慵懒。除了时新的专业论文必须看之外,系统读一本书,尤其是非专业的书,竟然变得很难,例如《西方哲学史》仅仅翻看了前面几页,《知识与权力》中书签还是前年夹在前言那里。想到自己已经快生锈的脑袋、一双即将迈不动的腿和一颗肥胖的心,觉得还是要行万里路、读一些书——与中文不大一样的美国书。

来美国之后发现,要读的书太多了,哲学、文学、经济、历史、地理、政治令人眼花缭乱,就怕看不过来。因为没有人管,读书很自由也很松散,看不看、看什么都由你。中田纳西州立大学图书馆并不大,书本也不如山高,馆藏的纸质版本较少,连广西大学的图书馆纸质版本都比它多,但是,数字图书馆很大,专著、杂志、数据库也很多。资料很新,符合做研究人的渴望。有时候,大家上图书馆,并不仅仅是为了读书和阅览,研究相关的事情在图书馆也可以做,因为图书馆为学生提供计算机服务之外,还免费提供打印、复印、扫描等服务,甚至还帮助外国留学生修改论文。

中田大学商学院的合作导师厄夫(Eff)教授非常了得,他给我的一大堆论文,视野开阔,研究缜密,我读得非常开心!给我介绍 repec.org 网站下载论文,这个网站我在国内就经常查阅,并不陌生。他建议我学习 R 计量经济学

（econometrics with R），以提高数据处理能力。R软件是世界一流统计学者共同创造、免费分享的软件，虽然我在计算机和数学方面很弱，还是决定迎接挑战，充满期待地下载了软件，又下载了相应的教程、教材和文章。因为联系导师耽搁了点时间，我直接从厄夫教授的第三节课开始上起，前两节课内容我不知道，这堂课的内容我也不懂，计算机语言基本都靠乱猜。课堂上按照导师的步骤，依葫芦画瓢，一看到弹出结果，满心高兴，先不管结果是对是错，反正有结果了，这表现了与我年龄很不般配的天真。猜错了做不出结果，就问旁边的大个子布鲁诺（Bruno），他给我解决，就这样，三个小时课上完了。布鲁诺问我，课堂跟得上吗？我笑说，基本靠猜。他大笑。

  导师布置了课后作业回公寓做。我在自己的笔记本电脑上安装软件，却跳出"你无法连接到动态数据库上"的问题，解决了这个问题后，又弹出"你的数据库不存在"，解决了数据库问题，又出现"数据导引编程不对"的问题……书山有路勤为径，书一大堆，还算勤奋，路却没有找到。总之，忙乎三天的结果，我的作业不是没有做成而是还没有开始。下午，我高兴地给导师写了封信，汇报了这周的学习情况，说学习取得了很大的进步，就像婴儿睁开了眼一样，对R语言感知得很充分，但是，目前还不具备爬行的能力云云。

我想导师看了我的信，也会莞尔一笑。

有时想，书山有路吗？知识浩瀚如海，巍峨如山，管窥何以得知全貌？然而，凡俗的我，只想在其中逛逛，随便看看，顶峰在哪，也未必明确。感觉书山其实并没有路，读书其中，都是凭着一些路标往前走，没有路标时候，就瞎摸一阵，瞎摸或许能够找到一些路标，就像蜜蜂，不是因为路找了香花，而是因为花香找到了路，靠的都是感觉。

那么，书山的路标是什么？是读书之后那点乐趣带来的灵光。

免费自由

在美国，Free 是个频繁使用的词，从哲学、政治到生活和工作，都会使用它。

过海关，Dutyfree，免税。购物自由啊，可以看到很多人拎着大包小包，什么衣服鞋袜、箱包手表、香水香烟之类的充斥其内，但在机场免税店往往还要再加一包。

打电话，Handfree，免提。我看到许多留学生打电话，一般都免提，空出来的手帮嘴巴表达意思，仿佛在面谈，讲不清楚于是手嘴并用。

有人告诉你，Trouble free，你就不用担心受怕；商品上 Sugar free，那就是不含糖放心吃；裤子有 Wrinkle-free 标识，那就是不起皱，免烫。

工作中，美国人很严谨，下班后却很自由，加班在美国不流行,"白+黑"、"5+2"那几乎不可想象。下班后,是员工的自由时间,你找他,比较困难,因为美国人的电话一般只留有办公室电话,不留家庭号码。如果有美国人将私人电话告诉你,那么,你是荣幸的,他真的想跟你交朋友。除了自由职业者外,由于互联网的兴起,银行、会计、保险等类型职员,许多人连公司都不去,就在家办公,更加自由了。

但是,因为到处 Free 就以为美国完全自由,这是个误会。看到词语后缀 free,头脑发热认为就是自由是不行的。不少社区写的是 Drug Free,这可不是随便吃药,而是禁毒区域。更多的公共区域,包括公寓内,写的是 Smoke Free,禁止吸烟。

自由是争取来的,不是上天恩赐的,但只有敢于放弃才能真正得到。在美国国父华盛顿故居参观,有一段影像资料叫 *Fight for Freedom*(《为自由而战》),内容表现了华盛顿将军带领美国人民打赢独立战争摆脱英国统治的历史,在片子结尾部分,华盛顿在王权和民主的选择中,放弃了成为美国国王的机会,将政治选择权交给了选民,自己回到庄园想过自由自在的日子,后来却众望所归被选为美国第一任总统。有人认为,他这是欲擒故纵,甚至一些人认为,当时的美国就十三个州,联邦太小,这种国王做起来没有意思,满足不了华盛顿的胃口,他不愿意做而已。我倒是觉得华盛顿很像金庸笔下的令狐冲，为了自由，连身家性命都可以不要，但一旦自由即使权力就在身边，却一点儿也不贪念，真正的自由是Abondon for Free（为自由而放弃）。

华盛顿特区的美国历史博物馆写的名言是：Freedom Is Not Free（自由不免费）。自由不是无约束的，更不是无法无天。因为大家都想自由生活，所以你不能妨碍他人的自由。在公共领域，美国人的行为是不自由的。无论教室、教堂、餐厅，还是办公室，大家都遵守规则，说话轻声细语，行为得体。老朋友见面，不是大声喧哗引人注目，而是紧紧拥抱自我感受。如果有人妨碍了他人的自由，大多数都会投以诧异眼光，使得当事人不得不约束一下自己的言行。因此，虽然很多地方都写着Free，但并不意味着完全随意。

对个体行为而言，自由意味着在公共领域遵守规则、约束自己，但在探讨规则的合理性、合法性和效率等公共理性领域，却是充分自由的，可以拿出自己的真知灼见来。田纳西流域治理在国内国际上都被公认为成功的范例，我是针对流域治理、产业演化和区域发展等问题准备到田纳西取经来的。我与导师厄夫教授探讨田纳西流域治理的成功经验，他却评论田纳西流域治理项目存在诸多不足，败笔甚多。他推荐我看乔布斯（Jacobs）写的《经济学原理》，里面竟然论证美国联邦政府的投资是"蠢人的天堂"（fools of paradise），在田纳西流域的综合治理上存在那么多的弱智,漏洞百出。上周很荣幸受导师邀请参与美国博士生中期报告暨开题报告,博士论文题目叫作"城市贫民窟影响美国梦吗?",单是题目就让人刮目相看,论文研究美国西班牙裔的移民在贫民窟是否实现了梦想,政策是否妨碍了梦想,等等。在遵守原有规则基础上,美国学者自由地研究历史、批判规则,敦促改变规则的不合理部分,良性规则就是这样不断建构和演化的。

对于社会而言,自由底线在哪里需要从破坏角度逆向思考。星期天骑上再购买的二手自行车,到石头河公园(Stone River)玩,这回不怕破车被偷,在野外随处停放。小河宛转,树木深深,景色不错,沿着河流停停走走,拍拍坐坐。河两岸有大片高尔夫球场,许多美国家庭正在享受周末快乐时光。多么自由自在的生活啊,拍几张到微信晒晒。后来因为走错了路,误打误撞到了石头河国家战场(Stone River National Battlefield),顺便参观了历史博物馆。深入了解后得知,石头河流域是南北战争中最惨烈的战场,联邦和南方在这里都伤亡惨重。南北战争古战场(在美国百年以上均属于古老)保护得很好,公园的墓地一排排,几乎赶上华盛顿阿灵顿公墓的规模。南方和北方都是为了自由而战,只是一个要维系黑奴制度的农场主自由,一个要废除奴隶制度使人

人自由。最终结果大家都明白，北方战胜南方。

但是，获胜的北方并没有一统天下，在政治上、文化上都显示出南北双方对这次战争缘由解释的差异和纪念行为的差异。最典型的是，南方和北方都在纪念为自由而牺牲的将士，只是时间不同、地点不同，联邦在国家公墓，而南方在Green（绿色）公墓。在现行的规则上，南北双方各自以自己的方式来表达自由。貌似不和谐的背后是对自由的深度理解与包容：自由不是免费的。实际上，自由的维系也需要成本，自由的历史价值要由现实的自由力量来体现和维持。争取自由需要付出代价甚至生命，但是，付出了代价一定会带来真正的自由吗？南北双方都知道，持续和平生活才是自由价值的根本体现，珍惜自由是最美好的事情。南北战争后，美国一百五十年来本土没有战争，也没有大的暴力冲突，这

在拥有枪支合法的美国是难能可贵的。没有理解和包容不能真正孕育自由，而没有力量制衡的自由往往不能维系和平，和平破裂、战争再起是自由最大的代价。战争是争取自由的手段，也是维系自由的底线。

石头河国家战场周边，有一种我不知名的黄花在杂草中盛开，忽然想起"战地黄花分外香"，也想起"我花开后百花杀"。忍不住想穿越回去问黄巢，为什么这花开了，百花就不能开呢？其实，自由很简单，就像花有四季，人有七情，包容和克制，自由而和谐——不能够损害别人的自由，但也不希望被迫为别人的自由买单。

月明故乡

这些天临近中秋,微信上早早就有人开始发中秋祝福的帖子,搞得我以为中秋到了,跟着转发,其实国内第二天才是中秋。前天出去溜达,看到月亮并不圆,应该还有几天的,就如"利令智昏",乡愁也会降低智力,令人错判时间。想想地理专业的我,以前大学时候,在外散步不戴手表单凭月相判断,都能够按时回宿舍就寝从不挨批,现在廉颇老矣,还以为是美国月亮提前圆了,着急瞎凑热闹。好在节日祝福是国人最愿意听的,多说几天也无妨。

中国节日与月相非常相关,节日基本都在每个月的上半段。除夕根本不见月,七夕是月牙,重阳是半月,元宵节、中元节和中秋节都是满月,月圆之后"夜夜减清辉",基本不过节。是咱们的节日难以容纳残缺,还是正因为残缺才祈求圆满？我其实也不明白。

有学生问我，美国中秋节隆重吗？我回答，美国人不过这节，因此，真是"冷落清秋节"。美国人按照西方文化习惯过节，大多数与宗教信仰有关，假日设在周末，基本与月相无关。11月1日的万圣节、12月25日的圣诞节、新年元旦等与宗教有关的节日中国也熟悉，父亲节、母亲节、植树节、感恩节等在周末，便于举行活动。唯一与月相有点关系的是复活节，在每年春分过后第一次月圆后的第一个星期日，日期年年不同，一般在3月22日至4月8日之间。因此，美国放假，要不就是长假，要不临近周末，不用挪来挪去。

"露从今夜白，月是故乡明"，这句诗说的真对。美国田纳西前几天朝露还晶莹灿烂，这两天忽然下雨降温，显而易见的是明晚肯定没有月亮，故乡的月亮理所当然就最明亮。故乡过节也会遭遇阴云天气，有没有月亮其实关系不大，主要是有饼吃、有相思，中秋情怀才是最真。中秋就是个家人团圆的日子，圆圆的月饼从形式上就象征着圆满，就像端午节的粽子棱角分明象征着屈原的性格。在美国过中秋节，买个中国月饼确需寻寻觅觅，我今天到默弗里斯伯勒的亚洲超市希望找到，但没发现。开车去的王老师说纳什维尔的亚洲超市或许有，但路途遥远，开车也要跑一个小时。算了，月有阴晴圆缺，月饼没有阴晴，应该允许有圆缺，反正 Cake

美国到处都有，选个圆圆的当作Moon，合起来就是月饼Mooncake，将就将就吧。

从小就熟悉和体会蕴含在月饼中的团圆，后来东西南北漂泊懂得圆缺之后更加珍惜团圆。在西北师大时感慨"人生如水缘如月"的聚散，在东北师大时《中秋三章》感慨"笑看圆缺任沧桑"。在广西的十个中秋节都与家人在一起，看花赏月吃甜饼，感慨不再。生活安逸，事业稳定，在别人的眼中或许是圆满的。但是，居安思危，我却警惕，有些事情开始看起来如满月，还来不及惊醒，已经残缺不堪。因为完美是不存在的，尤其是永恒的完美，更是奢望。

月有阴晴圆缺是因为太阳、地球和月亮之间的位置的相对变化，圆满是暂时的，人有悲欢离合是因为人、社会与环境的不断变化，相聚也是暂时的。永恒的是变化和变化造成的残缺。这一刻的美满在下一刻或许残缺，残缺的部分正是需要你努力，以接近美满。也可以说，这一刻的残缺是下一次的美满开始，追求未来的美满必须忍受现实的残缺，接受不了现实的残缺就不会有理想的美满。窗外无月，心中有感，笔下有诗：

不耐凡俗求真谛，走马西来欲取经。
人离故乡有点瘦，月近中秋分外明。

> 碧海潮生相思曲,金秋雁唱故园情。
> 梦越关山千万里,不计长亭更短亭。

这是我今年中秋作的新诗《美国中秋》。"月本无今古",情却有浅深,一作诗,仿佛梦回唐朝,那个中秋还未被离别染青的时代,那个理想对于现实更圆满的时代。

中秋三章

其一

霜染鬓发尘满腮,梦有荆棘心覆苔。
且喜月华如流水,杨柳菩提次第开。

其二

追风逐雨别家园,漂泊如蓬天地间。
西楼月满人不寐,正思他日梦甜甜。

其三

是好男儿志四方,笑看圆缺任沧桑。
慷慨平生无限事,巍巍昆仑浩浩江。

历年漂泊,南北纵横,几番执著,几番艰辛,时逢中秋,作诗三章,幸甚至哉,歌以咏志。

美在边界

在微信里发了一些美国的风景照片,一些朋友赞叹:"啊,太美了,简直在天堂!"天堂是否美丽,老实说我不清楚,暂时也不想去。不过,比较各种版本对天堂的描述,好像不全是美,美也不一样。美国人相信天堂是终极美丽、安宁的地方,上帝在那里等待他的羔羊,不管是正途的还是迷途的,天堂因为仁慈而美丽。阿拉伯人相信天堂有美景还有美女,只有正途的羔羊才能到达安拉的身旁,天堂因为正道而美丽。古印度神话中,天堂不仅美丽而且循环重生,梵天管创造,毗湿奴维持,湿婆却专管破坏但不拆迁而原地重建,天堂因为创新而美丽。中国神话中,天堂是玉帝生活的地方,美不美不好说,规矩是一定要遵守的,美丽的仙女不能怀春、下界嫁人,打碎琉璃盏的沙僧被贬下界变得更丑。

不管哪种天堂，我觉得都很遥远，不仅因为距离在白云之外，时间在老年之后，我现在不能涉足，因此，道听途说的美与不美都证明不了，而且这些天堂里面好像没有专门的美丽女神——根据生活经验，可以对天堂的美持保留态度。

众多神话中，我最欣赏希腊神话，富有人情味，离生活最近，好像那不是天堂，而是个家庭。宙斯生了一群儿女（嫡系的、干系的），阿波罗、阿瑞斯、波塞冬等力量型男神（不一定漂亮）掌管着踏踏实实的生产和南征北战的战争，而天后赫拉、雅典娜、诺恩斯等女神管理斤斤两两的情感、时隐时现的智慧与捉摸不定的命运。此外，有一个女神，既不踏踏实实，也不善于算计，更不鸡毛蒜皮，却击败了妈妈和姐姐，获得了金苹果，也导致了特洛伊战争——由男女关系引发的国家战争。她就是阿弗洛狄忒，罗马人叫她维纳斯，专负责美。维纳斯这个管理员，懒食人间烟火，对于美是什么，并未开坛讲道，却下自成蹊，断臂的雕像就是最好的隐喻——美，不要依赖于我的指点，美，只能你自己体会。

中文中，美有点"功利"倾向，跟"好"联系得非常紧密。美好，美的多半是好的（除了美女蛇），好的不一定是美的，只有那些超越了一般功能还能给你良好感觉的东西，才是美的。就像大家都觉得有厕所真好，但是，并不觉得它美，上厕所，轻松之外还看到墙壁上有临摹画——《穿衣的哈代》等，这时候才觉得美。美一定在良好功能的边界之上，假设功能没得到满足，即便是存在美，应该不会有美的感受。游客大都会有这种经历，坐在车上看窗外美景扑面而来，腹内三急汹涌澎湃，心中烦躁不安，哪里顾得上看。上次来美国，从洛杉矶郊外用餐后沿高速回酒店，沿途天高地阔、景色独特，有人在车上急得不得了，并没有朝窗外拼命拍照，而是催促司机快停车，并威胁开玩笑者说："谁再提'厕所'二字，我一定跟他拼了。"这次来美国，机场、餐馆、超市都能解决三急，并不麻烦。上次石头河公园两岸树木茂密杂草丛生，风景甚好，只是沿路几公里均无厕所，直到游客中心才放松。想起杨绛先生写一次观礼活动，记不住看了什么却记住了厕所，我记住美景不忍糟蹋。

在英文中，美与女人有关，Beauty多指美人，Aesthetics是审美。中田纳西州立大学是一个师范院校转型而来的综合性大学，文学、艺术、教育、商学等专业比较有名，是一个"雅典娜"和"维纳斯"满园的大学。有天吃饭，看到对面坐着一个一米八高的男生，五官精细、棱角分明仿佛雕刻出来一般，浑身洋溢着古典的情调，真想丢个西瓜过去，让他享受一下中国古代美男子的高级待遇。不过，古代流行的赞扬方式现在并不畅销，不同空间、不同时间的审美标准及其

表达都具有较大差异，美丽和审美很可能不在一条准则上。美国人对中国人院子种菜嗤之以鼻，中国人对美国人院子种草背后偷笑，就是标准不同导致的审美差异。因此，美和欣赏都有距离，往前走一步，超越了范围约束，美与审美都会成为问题。

自然界的美，我们往往以生活功能来衡量标准，超越生存环境就美，低于生存环境就觉不美。高山巍峨、草原辽阔、江河澎湃、大海无垠都让人觉得美，是因为这些自然远远超越人，使人显得渺小，康德甚至认为壮美让人有"畏惧感"；池塘春草、花繁叶茂、山涧鸟鸣、牛羊牧歌之所以美，是因为它们恰好符合生活标准。但随着生活水平的提高，美的标准在提高。所以，美是高标准的，盲目跟从很难产生美，就好像同样为女人，西施是美的，东施就不一定美了，效颦的结果是被人嘲笑了一通，想追求美却丢了面子。

康德美学中提到"美是愉悦的，不带任何利害关系"。美的确令人愉悦。自然的美，几乎不带利害关系；人文的美，却可能存在利害关系。例如，某家公司的服装设计很美，就会占据别家公司的市场份额。因为美是稀缺的，越稀缺的东西，越美，越值钱。但是，美的利害关系却不由美自己决定品位和等级，而是由审美者决定。美在所有关系中，都处于弱势地位，就像海伦、克里奥佩特拉、中国四大美女，自己并不掌握利害关系，而是由其他势力所决定，当美被摧残的时候，悲剧就会发生。因此，对待美的关系与态度至关重要。根据审美者与美的边界关系，可以有四种态度：欣赏、无视、占有、创造。在美的边界之外，你可以欣赏，也可以无视。当你进入到美的边界，你或是占有或是创造。

欣赏，是因为看到了超越功能和标准之外的令人觉得愉悦的那部分。欣赏的时候，你与美是有距离的，就像中田大学金发碧眼的美女或者象牙色肌肤的阳光帅哥，虽然每天都可以欣赏，但美并不属于你。无视往往不是对美没有感觉，有可能是对美视而不见，也有可能司空见惯。就像拥有三宫六院的皇帝，审美疲劳，对美的兴奋点下降，没有新鲜感，对丑倒是敏感。俗语经常说美在远方，或者说，距离产生美，不是近处没风景，而是近处的风景每天都看，习以为常，非得步入异乡旅游才能情人眼里出西施，重新获得美的感受。

占有意味着你拥有美的专属权，就如一件商品或者一块土地，占有美女是典型，占有美景也很常见。占有，往往是对美最大的伤害，自己想欣赏就欣赏，想不让别人欣赏就赶别人出去，无论是艺术品还是美女。在美国，雅典娜和维纳斯在自由的保佑下几乎没有约束，女神追求男女平等、家庭共建、事业各自发展，大多与被支配和占有并不结缘。至于大大小小的公园风景优美、游客怡然自乐，博物馆、图书馆建筑风格美轮美奂、开放免费。欣赏而不是占有，是审美的基本态度。中田大学艺术学院邻近食堂，设有两个艺术展馆，随你茶余饭后观赏，让人肠肥之后还可以脑满。

无论欣赏、占有还是无视，这些都是人与既定的美打交道，更加积极的态度是创造美。上回到美国学习"工业转型与升级"，新能源动力汽车设计师奥利弗（Oliver）老师的讲座非常精彩，而且邀请我们参观他的家——美国第二任总统杰斐逊故居之一。那是一个充满诗意和艺术的家，由内到外，洗尽铅华，美得像首诗，美得那么纯粹。古典主义的欧式建筑美丽、优雅、宁静地坐落在树丛中，院落里几个圆圆的大理石石球随意洒落，室内墙壁上是现代主义风格的油

画，卧室是达达主义的装饰，客厅餐桌上大花瓶里插着一丛荆棘，没有花朵，但在怒放。奥利弗老师的母亲七十岁了，是时装艺术设计师，作品美得不得了，人也美得不得了，美人是不老的，要老的也是人，不是美。在版权制度保护下，她设计美、收获财富，美支配钱获得财富，而不是钱支配美、控制美，生活得美丽而优雅。

田纳西是乡村音乐的发源地，也是美国乡村音乐的大本营，美国猫王的故乡就在孟菲斯（Memphis），爵士、摇滚、蓝调都非常流行。学校图书馆、学生食堂、运动场附近的广场，经常有架子鼓乐队、吉他乐队等自我陶醉般地演奏，艺术学院有专业表演，默弗里斯伯勒的市中心居民周末在街道上自娱自乐。他们走在音乐的边界，不断创造着新的音乐类型和新的音乐诉求，歇斯底里、伤心欲绝、震耳欲聋、荡气回肠……他们在拓展你对美的边界,而你发现美太诱惑,只好乖乖地向美投降。

美在哪里?美在边界,无论是欣赏还是创造。但是,边界却有战争和冲突,那是美的敌人,正因此,美,需要交融、和谐。

再做学生

俗话说，活到老学到老，但如果学习不在学校，那只算修为，算不得学生。从六岁多开始，除寒暑假外我几乎都在学校。长期在学校的人无非两种：老师或者学生。做学生，有书读；做老师，有饭吃。如果又有书读又有饭吃，我认为那就是理想家园。中学那会儿做学生发现有书读、没多少饭吃。后来作为老师在中学工作发现有点饭吃、没多少书读。再后来硕士博士做学生发现读书不仅仅是为了有饭吃。博士毕业后发现有饭吃了还要读书，因此，最终选择了在高校工作。我从学生变老师、老师变学生，有三四回了，几乎习以为常。但是，这次到美国田纳西倾听另一国度的校园钟声，做回外国学生，还是有点不寻常。

中田纳西州立大学位于默弗里斯伯勒小镇，镇中心确实小，抽烟的人会发现转完一圈一根烟都还叼在嘴里。镇上政府办公楼也非常小，比旁边的司法厅矮，最高的建筑是Region Bank（区域银行），有十层。镇中心有一个小广场，没有喷泉，平时空在那里，每周六允许美国农民摆摊设点，卖个茄子萝卜、苹果鲜花之类，这模式像极了记忆中家乡小镇，庆幸居然在美国找到点滴乡愁。相比之下，中田纳西州立大学的校园比政府所在的镇中心要宽广得多，四五层的大楼也比政府大楼高大、时新，虽然比不上中国大学动辄几十层那样气派。大学校园各教学楼之间都是草地，东边、北边、南边是宽阔的足球场、棒球场、垒球场、网球场和橄榄球场，都是绿草如茵、绿茵如毯。无论哪一片草地或是哪一个球场，面积都比那个农贸市场大得多。

　　美国没有计划生育，但是人口依然少，地广人稀，白天散步见到人就非常少，如果晚上出去散步，都说会吓死鬼。中田纳西州立大学在校学生大约两万人，虽不及广西大学学生数量一半，但与那些人口零零散散的美国社区相比，大学里显然人气爆棚。早上七点左右开始上课，中午教室不休息，学生也不休息（没有课的人可以自行休息），晚上九点下课，校园灯火依然通明。学习期间，校园里都是人，人气最旺盛的是图书馆，我在早中晚三个时段都上过图书馆，找座位比较难。后来总结经验，等上课前十五分钟左右去比较好，因为那时很多学生要去上课不得不将座位空出来，这样，我可以安然享用图书馆的电脑。

　　虽然图书馆也有纸质版本书籍，但依赖于信息技术发达，更多是电子版。杂志基本上是电子版，教授的讲义也是电子版，在美国学习离开电脑几乎寸步难行。学生用ID卡使用电脑，无论在教室还是图书馆，电子下载都免费。我去图书馆基本上是为了下载，而且是疯狂下载，看不了就兜着走。大多数资料下载后，电脑会以学生名字命名的文件夹自动保存，对学生很方便，对期刊而言则记录着下载次数，这既为图书馆在线使用付费提供依据，也为刊物价值判断提供依据。下载后，根据需要可以免费打印，以至于学校周边基本没有打印复印店。免费打印数量虽有限制，但就学习而言很充裕，我打印了不少留学文件和重要文献，有个月我打印超过600页，也没有收费。听说图书馆夜火通明，我怕吃不消，没必要凑热闹，一般十点左右回公寓，走的时候往往会顺便看看，人还是很多。

　　与大多数中国教授一样，一些美国教授上课也满堂灌，还会布置非常多的家庭作业。在美国留学，本科一二年级需要修通识课程，期间的自然、文学、社会学的课程众多，作业不会少。美国讲究国民待遇，留学生与美国学生是同等待遇，标准也和美国学生一样，强调要有自己的观点和感受心得，很多留学生开始都觉得吃不消，一学期后就习以为常了。作为访问学者的我，与普通留学生相比，占点便宜，因为我就听课不考试，作业嘛，我也做，导师不给分数。不过我与导师的讨论显然比本科学生要多得多，内容包括教学方法和艺术、知识点的把握、东西方表达差异等等。这学期我选择了凯文博士的投资学和厄夫博士的计量经济学R，两位教授不仅学术优秀，而且品格照人。我暗自庆幸，在我学习的每一个阶段都遇到了贵人。

凯文博士是中田纳西州立大学网站首页宣传照上的典型代表，也是商学院宣传单上的封面人物。他人很英俊，学术更优秀，在国际金融学术期刊上文章卓著，是田纳西华人的骄傲。关键是他还虚怀若谷，既有中国人的传统美德，也有西方科学精神，是我学习的榜样。他的课生动活泼，深入浅出，吸引太多学生，以至于要享用中田纳西州立大学商学院最大的教室S128开坛讲学。每周二、四我都会按时学习，狂补自己金融知识的短板。课后，不仅向凯文博士讨教学习、生活诸多事情，由于爱好相近，周末也偶尔向他讨教围棋。虽然我盘盘尽墨，他却赞扬棋逢对手，这种风格气度才是真正的高手。俗话说文如其人，棋亦如其人，凯文博士的棋控制能力好：形势好，胜不骄、不冒进；形势弱，气不馁、有韧性，善于制造机会、把握胜机。棋外再想，他心怀宽广，才会局面宽广，局面宽广，才有机会纵生，功夫在棋外。

在凯文博士的大力推荐下，我找到的合作导师厄夫博士是中田纳西州立大学的经济学博士生导师，在《区域科学》《世界文化》《跨文化研究》等顶级刊物上都有论文，尤擅长计量经济学R语言，建立的DOW-EFF程序弥补了数据缺失之后的信度校验问题。与大多数美国人一样，厄夫博士胡子浓密，不修边幅，穿着普通，没有名牌，更没有架子。我看到他使用的手机不是苹果，也不是触屏版，还是按键的诺基亚。这肯定不存在钱的问题，而是超然心态，正如中国古话"是真名士自风流"。

厄夫博士热爱研究，也热爱中国文化和中国人。我与他初次见面，头天晚上我给他写了封邮件，第二天我到学院办手续，我想碰碰运气看他在吗，结果真在。其实，我很失礼，在美国没有预约的见面是唐突的。我冒昧地说明自己的来由，他询问了一下研究的事情，就一口答应。他建议我修计量经济学R课程，我硬着头皮上阵，因为我的计算机水平就会打字编辑写点东西，弱得一点都没有自信，而且地理学专业背景转行做经济，计量经济学也不是强项。

他每次见我都笑眯眯的，我每次上他的课都有点紧张，因为这门课，我是从零开始。第一次课几乎都是在猜，现在也还继续猜。虽然 R 语言写法有迹可循的，程序写的这个逗号那个冒号是严格规定的。我学习进度缓慢，往往不能抓住要点，标点符号、大小写都会出错，总之，错误随时可能从哪里冒出来。我的课后作业没有一次是一天做完的，做了也不见得对。不过，我却并不害怕，一遇到解决不了的事情，就给厄夫博士写信请教，每次他都会不厌其烦地给我回信纠正。他的博士生开题和讲座，都邀请我参加，我当然借机会学了不少东西。昨晚上课结束时，大胡子对我说，随时欢迎到他办公室讨论研究议题。天赐良师，"不努力就对不起导师"在我脑中油然而生。

为了让我更快适应，厄夫博士在十个博士研究生中指定了大个子布鲁诺帮助我。布鲁诺在一家与非洲事务相关的公司上班，一边工作一边攻读博士，两者都需要忙，上个星期没有来，就是为了协调工作和学习时间。他对学术很热爱，只是每次都叫我张教授让我倍感压力。不过，美国人不太讲究面子，我在美国是学生，也没有什么面子，这么一想，没啥可怕了。布鲁诺比我还大，已经快五十岁了，他的头发白夹黑，我的头发黑夹白，我们俩与其他年轻同学相比老确是老，益壮却不见得。年轻人反应快，做东西扎实，往往是我还在迷糊中，他们早就在看新资料了。好在我的心态不错，学习是自己过去与现在相比，每天都学点新东西，有收获就好。操着蹩脚的英语与布鲁诺调侃自己的笨拙,我俩经常默契地笑,因为,都经历了岁月。

就像那王菲的歌"年华青涩失去,却别有洞天",再做学生不再是为了做作业得100分,也不是为了考大学、争名牌、有面子,也不是为了吃香的、喝辣的糊口饭吃,而是学生的姿态让我明白:世界多奇妙,有太多东西需要知道。

好奇不一定害死猫,不好奇的猫多半是死猫。

奇葩背后

美国不是天堂，具有俗世的无奈，如果是天堂，就没必要有教堂；不是所有的美国人都文明得体，奇葩也不少。

我现住这套租房，有个女孩是位大学生，算数如何我不知道，她的奇葩，我早已领教。歇斯底里地发笑，高声地与她的情人说私房话，那都是她的私人事情，算了吧，装作没有听见。关键是，她搞不清楚私人空间和公共空间的区别，这与大多数美国人非常不同。东一个狗蒲团，西一个狗摇篮，整个客厅都成了她的狗窝。嗨，养条狗也不算什么，说不定可以带来"狗屎运"嘛。我不喜欢电视，也不爱聊天喝酒，客厅对于我而言算是过道，我从不在那里停留，也无所谓。只是住了两个月，也该洗被子了。洗衣机是公用的，我洗完后，要用烘干机烘干。我一打开烘干机，发现里面全是衣服、袜子，还有女性用品掉在旁边，猜是她的。刚好她的门开着，可以瞥见房间里面堆满了东西，像座小山，不过这是她的私人空间，不关我事。我借机问是谁的衣服，我需要用烘干机，拜托了。她出来看了一下，低头说是她的。虽然是黑人，我还是辨出来她脸红了。看来，知耻而改，善也有焉！但是，她没有收拾，直接进房屋关门了，将音乐声音调得盖过其他声音。对于无赖，在中国我都没有办法，遇到洋无赖，而且还是女的，一筹莫展，想再去敲门，怕弄个骚扰吃不了还得兜着走。算了，我也不着急，吃饭去吧，给个台阶下吧。吃饭兼聊天三小时后，回到公寓，这回发现，烘干机一直在开着，到了晚上十一点半，都不曾停下来。第二天上午烘干机早已不响，但没看出有取走衣服的意思。眼看这烘干机快要变成储衣柜了，我索性出外踩自行车锻炼去，想着如果回来还这样，我准备请隔壁的单身小伙子去说说。傍晚回来，烘干机的门终于开了。旁边多了一个纸箱子放在过道边，里面无非就是内衣内裤外衣外裤袜子手套（10月份热火朝天的时候用手套，不简单的时髦哦）。我懒得看这花花黑黑的破跳蚤市场，反正不是我房间这边，也没有妨碍走路，抓紧时间将被子烘干才是正事。闲话是，那个箱子后来不知道被哪个粗心鬼踢了一脚，一条短裤和一只裤腿拖到外面，像战场上战马受伤流出的肠子，一直没有得到包扎，又已经一个星期过去了，还"死"在那里。女孩门口写着非常经典的美国谚语："Be yourself"（成为你自己）。我觉得她的确"是自私的"（Be selfish）。

我将这美国奇葩与大家交流，他们说只是寻常。大学生算不清百分比、考试拿计算器，普通人丢三落四，包括硬币丢落，也没什么稀奇。稀罕的是，在美国，这些奇葩怎么没有被淘汰，要是在中国，多半会被淘汰了。

在美国，有部分人认为，要改革福利制度实现淘汰机制，不过始终落不了地，人道主义的仁慈理念维护着社会弱势群体的存在。2012年美国大选，罗姆尼号召"多工作，不收税"（More Job, No Tax），与奥巴马讲观点摆数据进行辩论明显占上风，最终却不敌奥巴马"改革"（Change We Need）的诱惑力。究其根源，罗姆尼代表的是上层的精英主义的利益——要工作，更多的钱，社会才能好，而大多数美国中产阶级或者下层，需要福利变革，生活才能更美好。美国选举制度下，享受更加符合普罗大众的心理。

美国好像符合20∶80规律，20%精英带着60%本分和20%奇葩向前狂奔，反过来，20%的奇葩搭了聪明或是勤奋者的便车。很好奇的是，美国哪个领域都有精英涌现。奥巴马、罗姆尼、大小布什、肯尼迪家族，是权力精英的代表；比尔·盖茨、索罗斯、沃尔玛的罗伯逊·沃尔顿、卡特彼勒乐文礼、Google 的拉里-佩奇、Facebook 的马克·扎克伯格、华尔街的"大鳄"等，是商业精英代表；知识精英就更多了，300 多个诺贝尔获奖者，都是代表。

诺贝尔奖获得者中有三个与中田纳西州立大学商学院相关。J. 布坎南（James McGill Buchanan）出生在美国田纳西州默弗里斯伯勒，由于家境贫寒不得不就近入学 MTSU 商学院（1940 届），凭借过人毅力和敏锐视角将公共决策带入经济学研究领域，他成为 1986 年的诺贝尔经济学奖得主。穆罕默德·尤里斯（Muhammad Yunis）是经济学教授，1969—1972 年在美国 MTSU 经济学系任教，后来在孟加拉国开创和发展了"小额贷款"的服务，专门提供给因贫穷而无法获得传统银行贷款的创业者，他与孟加拉乡村银行共同获得 2006 年诺贝尔和平奖——"为表彰他们从社会底层推动经济和社会发展的努力"。戈尔（Al Gore）是美国前副总统，曾经是 MTSU 的访问教授，因积极应对气候变化方面的工作获得 2007 年诺贝尔和平奖。当我漫步在 MTSU 的商学院教学楼的时候，感慨房子是如此普通，思想是如此深邃，业绩是如此伟大。

虽然，我在白宫外拍过照片，陪孩子拼过卡特彼勒的机械，经常到沃尔玛买东西，几乎每天都用微软和谷歌，报纸上得知比尔·盖茨捐献 300 多亿美元财产，但是，我很少关注精英的生活。这次上凯文的投资学，课堂看了巴菲特——这个世界上最能赚钱的人的专访录像，虽然同样富可敌国，但与洛克菲勒、J.P. 摩根、卡耐基等早期资本家的豪华庄园大不一样，他的家是普通的别墅，很朴素，远不是富丽堂皇。从资料报道来看，美国精英主义的眼中，财富不是用来炫耀自己的外衣，权力也不是衡量才能的唯一标准，社会责任和慈善才是人性的必修课。金钱和权力是用来超越的，华盛顿是放弃权力的精英典范，至于放弃金钱或者捐钱做慈善的产业精英，就很多了，不胜枚举。

美国很多公共机构，例如文化艺术博物馆以及教堂学校等，之所以持续高效运行，正是精英主义创造与奉献的结果，普罗大众也因此得以免费享用很多福利。如果计较给人带来的福利和他自己所得，精英们肯定是吃亏的，吃亏的事情怎么会有人做？精英多半都是理想主义者和利他主义者，他们在乎利用自己的智慧、才能或是财富资源产生对社会有建设性的作用，并构建基本的社会治理逻辑。这种逻辑就是创造、挑战并改变固有的权力结构。正是这种自我实现的挑战，不仅塑造了精英主体，更改变了社会运行的基本动力。精英在竞争中实现自我人格成长和完善，将身外之物转化为社会福利，将社会带入良性竞争的轨道，而制度保障精英在公平竞争中产生。

一个社会不怕有奇葩，只怕没精英，消灭了精英的社会，有什么力量来推动社会前进？但是，世界有魔力，奇葩往往会摇身一变贴满金钱和权力，装作精英，因此，是奇葩还是精英，往往不是一眼看穿的事情。不过，也别担心，历史从来只证明精英，嘲笑奇葩。

周末野营

上周参加教堂的英语课，老师问我们周末是否有兴趣野营。由于没经验，中国留学生相互对视一番，不置可否。我问是哪个地方，老师说是周五下午四点出发到田纳西哥伦比亚县的亨利霍顿（Henry Horton）州立公园的霍顿海文（Horton Haven）露营点开展生态旅游。我想这是一个绝好的田野调查机会，连忙说可以啊，然后举手通过，并交纳了三十美元的活动经费。星期五上午十点还未收到出发的通知，疑惑是否取消，发短信一问，说老时间老地点都没变，下午两点整在 Bell Street（贝尔街）集合。与国内临行前确认、再确认不同，美国人一旦定下来的时间，都会遵守的。信任是细节的，如果都这么诚信，社会就能够充分节省成本，提高效率。周五下午，大家非常准时地集合，我提前到了一会儿，顺便欣赏欣赏午后的阳光。我爱午后的阳光，那么奢华地洒在草坪上、屋檐顶、大树下，像极了中年男人的慷慨、豁达和责任。

我们这些没有汽车的中国学生，被安排分别坐美国学生的车。我被安排在哈利的车上，哈利远不如哈利·波特那么幽默，甚至是一个较为沉默的姑娘。一路上，我不断问问题，她只是简单回答 Yes 或 No，或许是认为我的口语太幼稚。后来聊到音乐，我看到她后尾箱有大提琴但记不得英文词，就杜撰了一个"大提琴"（big violin）出来，幽默了一把，她明白后哈哈大笑，气氛就出来了。如果坐了人家的车，一点交流都没有，算什么绅士呢。秋收的农田停着机器，例如收割机、割草机、大型农业喷灌机等，气氛一来，她开始主动向我们介绍公路两边的情况，田纳西农业机械化如何，乡村发展如何，等等，我听得认真，表扬也及时，时不时谦虚地请教一下，既练习了口语，还请教了知识，两全其美。沟通，只要找到切入点，都会顺理成章。

车行途中渐近黄昏，肚子空空，在路边餐馆解决温饱，我发现这家餐厅非常有特色，微小企业的信息化管理也比较深入。厨房很小，完全封闭着在里面，食品安全卫生得以充分保障，哪怕道路尘土飞扬（当然，也没有尘土）。外面是桌椅板凳，旁边有内含麦克风的两台电脑显示屏，顾客根据菜单选择后按下Order（订单）报自己姓名和菜名，坐在外面等候，就会有服务员送到桌前并及时结账。萨拉（Sara）是我们的领队，山姆（Sam）是个非常帅气的小伙，还有一些同车的同学，相互介绍过姓名，但青春太晃眼，我愣是没记住。边吃饭边聊天，肯定是从我是否吃得惯美国食物开始，我说我到过很多地方，很习惯享受不同地方的特色小吃，很有味道。然后又问我美国怎么样，我说："我欣赏美国的经济成就，但我更喜欢美国的惠特曼和迪金森，两位浪漫主义和现实主义结合得非常优秀的诗人。"英语口语不怎么样，但此言一出，他们甚为惊讶，我们就继续聊惠特曼的自由和迪金森的超越。感谢二十多年前读过的美国诗歌，让我和现在的美国人建立了非常好的沟通桥梁，可惜记不住几句英文原文诗，但并未妨碍我们交流诗的感觉，因为诗在我的理解中，就是生活背后的那一点点灵光。我确实喜欢艾米丽·迪金森，佩服这个美国女诗人，就是慨叹她为什么一直单身，情感还那么细腻，后来上车再想，正因为情感太细腻、太超越，才一直未嫁。知己，有时候仅仅是自己。

亨利霍顿州立森林公园面积150英亩，鸭子河（Duckriver）穿流而过，我们营地在山头。野营，其实名不副实，因为我们只自带被子、洗漱用品，其他都有。办公室、会议室齐备，森林木屋有8—9座，可容纳250人每晚，宿营房间整

洁、空调开放,厕所浴室非常干净。虽然晚上六点才到,天色渐暗,但是,火红的枫树在山头跳舞,让我们迫不及待地爬上这原本就不高的山头。直到天黑,夜月高悬,"山色有无中",才回到月光洒落的松间,我觉得自己到了辋川别墅,在人不知的深林里坐听王维弹琴长啸。耳边响起赞美诗,同行美国学子在向他们的主倾诉爱、诉说迷惘、请求指点,这才回神到美国。每个人心中,都有神圣,神圣难以接近,我不敢奢求太高,所以,我更喜欢人,喜欢有才气的人。

第二天早上五点就醒了,听滴答的夜雨不时地敲打着屋顶,心想下雨了野营可能不好办。淅淅沥沥一阵雨后,索索碎碎一阵风,后来风雨渐渐地悄无声息。七点起床走进森林,啊,秋天的大森林太美,偶尔滴下冰冷的雨,正好缓解人们高烧的热情。一个人沿着森林小路欣赏薄薄雾气中色彩缤纷的秋叶,边走边哼"一条小路曲曲弯弯细又长,一直伸

向迷雾的远方",战火纷飞的苏联歌曲终究与安宁纯美的美国小路不兼容,还不如哼哼中国的"高山流水",恬淡雅致正好相符。边哼边走,边走边照,不久就走到森林边缘。外面是宽阔的牧场,九匹骏马正在草场上安静地吃草,警觉地看着我的走近,尤其是相机举起的瞬间,撒腿就跑。拐过山脚是农场,大豆成片,与默弗里斯伯勒附近农场的大豆相比矮了一大截,原始基因与转基因大豆差别很明显。吃早饭时,向领队萨拉询问活动安排,说上午集中学习英语,下午可以漂流和坐干草车,晚上篝火晚会。哈,多好的安排,唯一的担心就是"老天允许吗"。我很肯定地回答,It will be sunny, weather or heart(会阳光灿烂的,无论心情还是天气),她跟我击掌预祝我预言成真,大笑。其实,我不是风神雨神,哪里知道刮风下雨,我就知道她担心,想让她放松而已,毕竟作为领队,她有很多事情要操心,而我也帮不了什么具体的忙。午餐期间,我见识了美国人的活泼,他们在《伦敦大桥倒塌了》("London Bridge Is Falling Down")的儿歌音乐伴奏下,改了歌词,点名让人结对围绕饭桌奔跑,跑的人边跑边作怪,大家都笑,我也起哄。这群上午在向上帝祈祷和向教友诉苦的哥哥妹妹们,转眼间就这样活泼地奔跑起来,看来心底里得到了天国阳光的照耀,这些心理上的阳光,给多了自己也灿烂。

从山顶乘坐载着船只的卡车一同下山去漂流,好像回到在老家会同县深山里坐拖拉机教书上班的日子,记忆很短,距离也短,一会儿就到河边了。帮忙放船下水后,我当仁不让地上了最后这艘船,还当仁不让地做了艄公。小船徐徐驶向河中央,两岸太美,放下船桨拍照,不料"野渡'有'人舟也横"。我自己不打紧,虽不会游泳,胆子不是一般地大,只是同船的两位教授安全更重要,他们是我们国家的宝贝啊,我保护的责任重大!放下相机,立地成船夫,"小舟穿河过,美景心上留",这样好,还可以讲讲笑话,唱唱歌。他们建议我来个山歌,我一开口就是"哥哥我坐船头,妹妹在哪里呦",雷倒一大片中国人,忙叫改歌词,于是改为"妹妹你掉船头,哥哥我不会游",又笑倒一大片。听我歌声嘹亮,看我摇头晃脑,同行的美国友人不知道我们笑什么，反正一直点头跟着礼貌地笑，有两次船与美国朋友船撞在一起，我戏称是最美的"船吻"（the most beautiful kiss of boat），这回是真的大笑。景随船行，一桨一景，秋光山色，蒙蒙细雨，在经历了小小险滩，如镜平湖之后，在快到终点——一片金黄色沙滩时，船卡在河流边侧，任我如何努力就是不动弹，船家只好亲自上阵，将我们推出重围。上得岸来，秋风沿江绵绵吹来，自是心旷神怡。问同船的教授感觉怎么样，被反问"还能怎样？"呵呵，他们几乎湿透了，一半是雨滴的，一半是被我吓的，谁叫我划船水平和英语口语水平差不多，磕巴却快得不得了，跟着瘸腿的班长冲锋陷阵，是要几分勇敢的。

晚上篝火边，美国同学们还是唱赞美诗——上帝是永恒的主人，爱是永恒的主题，大爱套小爱，大人爱小孩。我心里平静，忽然想起"般若波罗蜜多心经"，发现与基督教寻求标准化的世界不一样，佛教是用来思考多元化世界的，尤其适合做学问。"色即是空，空即是色，色不异空，空不异色"，这辩证法说得多透彻。基督教在现代化进程中发挥了非常基础性作用，不知道佛教在后现代能否绽放遍地莲花。我说心如菩提，你说本无树，我心如明镜，你说亦非台，我要老老实实搞卫生，你说何处惹尘埃，是对话缺少标准还是变化的标准在不断提高人的悟性。缺乏标准，差之毫厘会谬以千里，提高标准，会登临绝顶大开眼界。就像我，在美国欣赏中国田园诗，竟然比在国内更加深刻，人生如水缘如月，缘分是多么地牵强，可又是那么地现实。

小屋一夜听秋雨，又一夜点点滴滴，到清晨又停下了。哈，天随人愿啊，老天都知道我要到外面拍照片。满山看红叶，穿出大森林，又穿进大森林，看到美就举手拍，不知今朝何朝。回来时候大家已在吃早餐，萨拉看到我，热情地打招呼问野营感觉如何，我说美得不敢相信自己的眼睛，她睁大了眼睛。我打开相机照片，与她和其他美国朋友一起欣赏，在一片啧啧的赞叹声中，忽然有个美国姑娘问："教授，你是教什么的？"我说专业是经济地理学，她很惊讶我的专业，我很惊讶她怎么知道我是教授（我在美国一般就说是访问学者，不说自己是教授）。美是共同的话题，我们对此一点都不惊讶。打开相机就打开了话匣子，一张张看过来，我告诉他们在哪里拍摄的，如何拍摄的，还自嘲说"喜欢自拍的人都是水仙变的"。边吃边聊，自然还会被问美国食物好不好吃，我说好吃，就是难以控制住嘴，然后还说自己热衷烹饪，让他们刮目相看。更让他们刮掉眼镜的是，我说我不喜欢洗碗，结果，有两个人跟我击掌相庆，大笑。

饭后，他们做祈祷，我挂念着山顶的红叶，偷偷地溜了出去。在红叶满山的山顶，忍不住引吭高歌《帕米尔的眼

睛》，唱几句，拍几张，又拍几张，唱几句，完全进入自恋状态。忽然，一个美国小伙到我身边，问我："先生，你需要帮助吗？""不，谢谢，我不需要帮助。"突然意识到什么，又加了一句"我在唱中国民歌，中文的"。他神色才缓和，看来我吓着他了。他开始赞美秋天景色的美好，正中下怀，我也是。打开相机，又与他分享了一阵子，他也说不能相信自己眼睛——他可是每天都在这里工作的。作为拓展训练营的教练，听到有人高叫但不懂是啥，忙上来看看出了什么大事。他知道没有意外，只有一个老外，就爬上了训练塔顶工作去了，我大声叫他"注意安全"，他对我挥手大笑！随后，与同行的曾老师沿着拓展训练营走进森林。曾老师的探索精神比我更超越，下到河边拍照去了，我大声叫他，没有答应，这回吓出一身冷汗的是我，牵藤扯草也下到河边，发现他正在美滋滋地拍照，当然我也顺便拍了几张。

回屋时，其他同学都已经收拾完毕，准备回学校。当我感慨"离开这里是一件非常困难的事情"的时候，西班牙姑娘说她也是。我说我喜欢塞万提斯，她没有弄明白，我正要解释，车开了也就算了。在墨西哥人的饭馆内吃午餐，墙上都是斗牛，西班牙文化在这里很丰满，西班牙姑娘在这里就像在家里。我拿出有道词典跟她说，这下明白了我说的是西班牙最著名的作家。不过，大家没聊堂·吉诃德，而是聊墨西哥的饭菜，因为菜单很多词都是西班牙语，我并不认识，她就给我解释，还教我发音，听到我终于读对，赞我很棒！这顿墨西哥风味的午饭，味道甜美，分量十足，我可以吃两餐，而我在公寓附近的墨西哥饭店，同样价钱味道差半、分量差半。回家途中，我们一直与萨拉聊天，除了感谢她的付出之外，更多的是聊《人鬼情未了》《与狼共舞》《乱世佳人》等。我说喜爱斯嘉丽有活力敢于塑造自己，她说斯嘉丽被那个时代给束缚了，但是，一致都认为，斯嘉丽是美人。

在微信上看到有朋友转发"为什么中国人融入美国社会很困难"，在生活中，我也确实观察到这点。许多人到了美国，心理定位还是中国的，诸如教授、官员或者富豪身份，在美国，人们比较注重个人谈吐与修养。我们有些文化习惯值得深思，例如互信程度低，公共场合不顾小节等，影响了美国人对我们的看法。至于那些一谈就是中美关系如何的人，不仅中国人敬而远之，美国人一般也敬而远之。美国是专业化程度很高的社会，美国人认为，政治家也是专业的，政府官员就是一个职业，不是每个人都是政治家，现实主义在美国是主流。

这次野营是我距离美国人生活最近的一次，也是接触美国人数最多的一次，更是作为生活共同参与者的一次。我在这次野营中，欣赏了美，与美国同学分享了美，非常快乐，我也相信美国同学感到了我的快乐！好像在这过程中，除了语言表达不到位之外，暂时还没有其他的障碍，或许我这是浅层次的融入吧。

我的基本原则是，沟通是相互的，基本点在于——找到与对方的共同点，带来快乐和美好，语言、技巧等其他问题都迎刃而解。

美国鬼节

在西方，13是一个与鬼怪有关的数字，我正在写的第十三篇就是美国异常鬼怪的节日——万圣节，俗称"鬼节"。11月1日是天下圣徒的节日，传说圣人降临前夜（The Eve of All Saints' Day），也就是10月31日夜，群魔乱舞，是一年中最"闹鬼"的一夜。

生死，是每个人必须面对的问题，生死观是基础的文化观。死后是上天堂还是下地狱，是做神仙还是为鬼怪，各民族都在思索。虽然唯物主义者认为鬼怪不存在，但是，文化心理上，鬼怪的词语还是会令人恐惧难安、不寒而栗。在中国一旦某人说见鬼了，那是意外的倒霉。

国人喜欢神圣，却怕鬼怪，我也是。十五岁以前我很害怕鬼，白天路过坟墓都快步走，晚上不敢站树下，特别是寄宿夜半上厕所，定要喊醒一位同学结伴去。一次鬼使神差的经历，让我不再怕鬼。1989年，我毕业后初次工作。第一站是一所乡下中学，学校在山腰上，背后据说是乱葬岗。学校没有住宿学生，放学后，老师们自己种菜，在宿舍做饭。我的办公室在所带班级的教室后面，一间陋室兼做卧室、厨房。初到的几个晚上，听见房内悉悉窣窣，像是老鼠，又不像是老鼠，因为呼哧呼哧的声音远远大过老鼠。开灯，声音就停；熄灯，声音就响。三番五次，不明就里。我开灯，顺手拿把菜刀，放在床头。熄灯，声音再响！挥刀直掷声响处，戛然而止。此后，再无异响！后来，其他老师告诉我，说那间房间原来闹鬼，白送给教师住，他们都不愿意。但我住了三年，一点事儿也没有，直到离开。

不管怕不怕，在中国，有两个节日——清明节和中元节，是一定要与鬼魂（或者灵魂）对话的。清明节是人在白天到阴魂所在地寻求对话，而中元节是阴魂夜晚回到生活所在地寻求对话，阴阳相隔，两地情深，阴阳两界就在这时间空间里交流。节日里祭祀的第一要务，是准备香烛、祭品，弄点好吃的祭祀祖先，让泉下也知，后人生活衣食不愁。至于放花灯、孔明灯，上元节日的这些旧俗，是人世间的自娱自乐，与严肃的祭祀活动并不搭调，在明清之后，渐渐地退出了节日仪式，剩下来的全部与物质祭祀有关，仿佛地下的人们还在缺衣少食。中元节最重要的一环是准备纸钱,用信封封好,信封上收信人、寄信人的姓名一清二楚,就是没有地址,人们都放心地将包封交给土地公公或者土地婆婆,相信天国的邮差熟知灵魂的归宿。其实,善心的人们死后就住在天堂,那里什么都不缺,可能就缺快乐!只是俗世的我们,灵魂的底子里被饥饿的历史折磨透了,总担心饥荒,也限制了想象力没能构想出另一世界的神圣:吃喝之外究竟是什么日子,因此,认为神仙日子等同于吃好喝好的日子。

在中国过清明节、中元节,都特别肃穆、哀伤。小时候过中元节就吓得几乎不出家门,过清明节好一点。不是特别怕,因为遇见好心的扫墓人,还可以分享几粒糖或者米粑粑,对于挨饿的肚子来说,是最好的节日礼物。至于我的孩子,一直生活在城市,对清明节还有点印象,对中元节,几乎不存印象。清明节还能回家扫墓祭奠,中元节则包封欲寄无从寄。如果真的存在灵魂,城市化也似乎让灵魂找不到归宿,不仅城市景观变化太快找不到来时路,而且随着中元节逐渐淡出城市文化视野,基本上不过了,纸钱无处烧,孩子们很少有机会直接参与这些活动。

2012年在广西大学参加英语出国培训,为了了解中美文化差异,老师要求同学们准备美国节日的课件,我这组恰好是万圣节,最大的感受是西方人不怕鬼,小孩本身就是捣蛋鬼,哪里怕什么鬼?节日扬言"Trick or Treat"。但2012年在华盛顿,没有看到小孩"Trick or Treat",只看到被面具吓得哇哇大哭的孩子,有点遗憾。

这年头物质生活越来越丰富,我自己反倒害怕吃糖太多不利于健康,很少吃糖,也很少给孩子买。本以为美国小孩和中国小孩一样,健康过节,不讨糖果。这回到田纳西才知道,万圣节不仅是孩子淘气快乐的天堂,也让成人乐此不疲地加入了魔圣之列,糖果只是快乐的载体。

早在一个星期前,默弗里斯伯勒政府网站就贴出万圣节日活动日程安排表,超市都在卖万圣节相关物品——服装越是恐怖价钱越是昂贵,糖果大量供应,居民都大箱购买,南瓜4美元一个,比华盛顿周边便宜1美元。昨天下午四点至六点镇中心举行针对所有人的万圣节活动,下午五点我骑自行车去看,确实热闹。

美国向来地广人稀,散步遇到人是奇迹,但那时整个镇中心人潮如涌,竟然出现了交通拥挤,车如蜗行,比我骑自行车还慢。不知道哪里窜出来那么多的人模鬼样,摩肩接踵,真是见鬼了。大人小孩都奇装异服,衣不惊人死不休:美女变成机器人或者大头鬼,面目鬼怪身材妖精;男人扮丑,怪兽、剑客、蜘蛛侠、骷髅头;更有脸上画个画皮,像妖怪,不分男女。有一金毛狮王站在路边,见小孩吼一次,吓一回，然后给几粒糖哄哄，小孩很快就破涕为笑，搞怪但不虐心。各家机构蛮拼的，恐怖小屋闹闹鬼是伎俩平常，法律顾问事务所的办公室别出鬼才，竟然用声光电特技效果打造了一个光怪陆离的鬼屋，两扇门之间坐着一个极为神似的鬼（人装扮的），跟你握手——你敢吗？我与之握手，明知鬼是假，但心惊是真。这样挖空心思来制造奇特，想必会搞个创意奖来评选一下。结果发现还真存在，后来在朗亨特州立公园（Long Hunter State Park），看到环湖节日跑步比赛之后在举行万圣节服装大赛，谁最古怪谁得奖，结果，雨蛙人、小丘比特和老妪卡通获得金奖及200美元奖金。

小孩子多半不搞怪，卡通服装是最爱，唐老鸭的嘴、米老鼠的尾，花仙子、青蛙人、史努比都有，提个南瓜样的小桶子排着队，等着发糖。我追随在孩子的后面，很想看到他们捣蛋（trick），但只看他们被快乐地优待（treat）。每户人家、每家店铺、各个机构或者企业都敞开大门，法律服务所不见平日的严肃，越是地方知名企业，越是慷慨奇特；越是有钱人家，就越是独特非凡。虽然装饰都阴森恐怖，迎接小朋友却热情横溢。发现小孩绕整个Downtown转一圈，讨来的糖果不是满满一桶，也有大半桶。我也鼓起勇气排了一次队，借口是："我不是个孩子，但是我有点孩子气。"居然也得到了一粒糖，至今还放在桌上做纪念。

因为人多，市政府派来了三辆消防车、多辆警车和摩托车维护秩序和消防预备。警察多数在巡逻，少数几个从头到尾守住消防车和警车，孩子们则在父母亲的看护下排着队，一个个进驾驶室坐一回，玩一会，做个怪样拍拍照。孩子从车上下来时那满脸幸福灿烂，都照在了我的脸上。我诧异的是，连政府工具都成了孩子玩具，万圣节哪里象征着西方历史传说中秋季结束的穷途末路，分明是播撒快乐种子，阳光灿烂如同春花盛开。

人鬼殊途吗？不是，人鬼同途。所有文化中，人鬼情都未了，只是不知道是人心里有鬼还是鬼心里有人。在美国好像是人在玩鬼，大多数鬼玩不过小孩把戏。

教育为本

在微信上转发了几篇有关中国和美国教育的文章，其中，有北大教授描述孩子接受美国教育后自己被当头棒喝，也有人观察到美国孩子读书刻苦如同国内一般在血拼，也有人认为美国上课少、课外辅导差异的教育状况正是社会分层的原因，总之，各说各有理。国内的亲友们也很关心，向我询问美国教育究竟如何。作为一名访问学者，我在国内是高校教师，在这里是学生，多角度地观察，我的经验如下，可供参考。

在美国，学龄孩子根据租房地址就近入学，只需要到健康中心（Health Department）体检、打疫苗，就可放心入校，没有其他入学条件，随同访问学者的孩子也是如此。上学有黄色校车接送，校车四四方方，坚固舒适，规格统一。校车停靠点固定、接送时间固定，孩子父母只要在接送点等待即可。校车自带简易交通信号系统且具有行动优先权，一旦停靠，车头伸出STOP的标志并展开横杠，即刻具有十字路口交通信号灯的法律意义，保证学生上车或者下车、横穿马路的安全，其他车辆，无论前后左右，都需要听从信号命令才能行动。

孩子们被要求每天到校学习，请假不能超过一个星期，否则家长会被问责。孩子在学校可以申请吃免费早餐、中餐，这是标准的美国餐，可口不一定，但绝对卫生。在学校上课确实很自由，大学生上课都比较随便，小学生约束就更少了。围绕老师坐一圈，坐姿随意，并不刻板。除非赤身裸体，老师基本不管学生穿着，上课吃东西也被默许，老师有时候还与学生分享胡萝卜或者苹果派。中国学生每天下午有老师辅导英语一小时，以力促孩子跟得上教学节奏，听懂老师讲授内容。在中小学阶段老师主要是培养学生兴趣，每学期也有考试，但考试不是重点，题目也不难，总评中平时成绩占一半。老师表扬是家常便饭，"你很棒""不错"之类都成了口头禅，诸如"音乐超人""数学天才"之类也层出不穷，美国教育最大的理想是"要对世界产生兴趣，要有自己的梦想"。赞美，带动兴趣，无论给学生还是父母，都是无穷的信心和想象力，未来是多么地宽阔啊。这也是马丁·路德·金"我有一个梦想"的呼吁得到了美国主流社会认可的教育根基。

国内的教育理念似乎与此并不一样。孩子一进学校，要培养做人规则、学习规则、考试规则，有统一标准。我们的教育标准多是按照自己对优秀孩子的判断来制定，孩子的教育中掺杂了一些成人自己都难以企及的梦想在里面。一旦达不到标准，教师就批评孩子，连带批评家长，让孩子和家长觉得没有达标是件多么丢脸的事情。至于兴趣、爱好，那也简化成兴趣班培训，培训再考级。考试越来越难，目的也不以是否掌握知识为准，而是以考倒学生为荣，这种涸泽而渔的考试太多，导致孩子甚至包括作为家长的我们都忘记了，读书是多么有趣的事情。许多孩子上学都是被逼迫去的，可是，我们能逼孩子学习达标，却不能逼孩子创造。在国内有回外出调研，我与某主任聊天，回忆自己小时候背着书包高高兴兴上学的情景，研究生在旁边听得羡慕嫉妒恨。有个同学冷不丁问了一句："老师，你们那时候考试多吗？"我回答："那时候，确实不多。"我们在需要培养梦想的时候，不断考试，想在考试完后实现梦想，结果发现，梦想是不再考试，这将是多么地令人遗憾。

但是，如果认为美国教育自由得放羊似的，那也有失偏颇。上课自由，但内容精彩，学生每天在校都要做作业，课外作业也有的，就作业量而言，中国和美国学生大体都差不多。只是作业内容差异较大，而且作业形式多样，如果是勤快的孩子，会忙得不亦乐乎。小学生课外作业，不一定非写一篇日记，画一幅画也可以，口头表达也行，讲个故事当然更好，但是，每一件都需要讲述自己观察的结果或者生活感受。例如，生物的题目是回家种一粒种子，每天记录干湿情况、生长情况，等等，社会研究的作业是调查问卷、观察市场，还包括锻炼身体、心理状况，等等，内容多样。中学时期美国孩子的作业会更多，尤其是社会作业包括了哲学、历史、地理、人文，简直是包罗万象。我曾经见过一些中学生的历史作业。题目Ａ：你代表东罗马帝国的人们向西罗马帝国的人们做个广告吸引他们迁移；题目Ｂ：假如你是拜占庭的居民，你的日记将会是什么内容；更高级的是题目Ｃ：孟德斯鸠的三权分立是为了什么。语文阅读，不会停留在划分段落之类的题目层面，而是会根据一篇文章写读后感或者假如我是主人公写个续篇。作业的题目五花八门，没有标准答案，但是，需要创造。数学也不例外，本来数学应该是最老实巴交的，但与比萨、棒棒糖、零花钱之类联系起来，并不枯燥。中国孩子在美国最得意的科目也是数学，因为美国孩子很依赖计算机，很少做心算口算，计算的速度确实慢。

　　作业评判标准也不绝对，美国老师往往根据孩子经验的丰富程度，来判断能力是否进步，这并不是件容易的事，对老师和对孩子都一样。因为孩子必须抓紧时间，一件件做完，如果要观察出点新东西，很多时候家长还得出面帮助。当然，如果仅仅完成老师布置的抄写任务，估计二十分钟就解决所有任务，因为在美国教育理念中，重复的机械性学习活动是不大受欢迎的，让孩子做抄写作业到很晚那是不可以想象的。我非常赞同钱锺书《写在人生边上》讲的"人生是一本大书"，我们都在人生边上写写画画，课堂和书本只是社会大书本中一段引言，如果引言不能指引人们探索这个丰富而多彩的活动，那么，很容易偏离本旨。

但美国这种经验与创新导向的知识评判方法是在竞争中得以逐渐认可和完善的。美国是个竞争社会，高考竞争激烈，不仅考生竞争，出题者也竞争。美国有高考，而且有两套高考考试体系，SAT考试（Scholastic Assessment Test，学术评估考试）与ACT考试（American College Test，美国大学考试）均被称为"美国高考"，它们既是美国大学的入学条件之一，也是大学发放奖学金的主要依据。SAT主要测验考生的阅读、文法（写作+语言）和数学能力，每部分是800分，总分是2400分，2016年起，将写作作为选考；ACT考试分为四个部分：英语文法、数学、阅读、科学推理，总分却是36分。两套体系虽然在出题机构、试卷构成、题目类型、判分标准以及考试日期上都有不同，竞争也在所难免，但以学生能力为本的核心观念是相通的，在学生综合理解与创新能力的要求方面基本相同，在申请美国大学时的作用与效力也相同。由于考试体系之间存在竞争，杜绝了试卷泄露等非法行为，因为一旦出现丑闻，直接送对手上天堂，自己下地狱。

美国高考相对自由，只要出得起考试费用，学生可以自主选择参加哪种考试和考试次数。数次考试之后就能够确切知晓自己的能力，加上美国大学多，招收人数多，因此，没有"千军万马过独木桥""一考定终生"的焦虑。对学生而言，考试自由并不意味着竞争不激烈，因为名校招生名额有限，要想上常春藤等私立大学，还是要有过人本领的，美国学生的ACT高考成绩要在30分以上才有可能，30分以下就只有州立大学可供选择。虽则如此，仅凭考试成绩还不足以上顶尖大学，高中教师的品行推荐、项目合作者或者同僚评价也有相当分量，死读书往往并不一定能如愿。参加专业特长项目、提高人文素质、与他人或者机构合作并得到认可、慈善行为，等等，都是常春藤大学选择学生的参考依据。这是实验主义教育理念在美国实践的结果，他们相信，实践中学（learning from practice）是一件非常重要的教育任务。

大学里的学生，我所见到的，都非常用功。图书馆就不用说了，平时在校园里都可以见到认真学习的学生，餐厅边吃边看东西（不包括看手机）的学生就更多了。这当然与我自己喜欢在图书馆、寝室"两点一线"的狭窄校园生活有关。我至今没有去过酒吧、咖啡厅，也没有参加过 Hook Party（hook 是钓鱼的意思，我理解为约会晚会）。美国大学生的学业任务比高中生重，除了老师上课布置的课外作业，学术汇报（presentation）和论文（paper）很伤脑筋，因为，这需要大量阅读文献并进行总结，还要有新观点。老师上课，只讲脉络，列出一大堆读书清单，自己看去，到时候汇报。汇报的学术要求严格，创新要求高。目的很明确，就是要知识是实用的。这样，学到知识的学生在社会上能够找到工作受到认可，并在功成名就的将来某个时刻能够捐献回馈母校。美国人大多数都很老实、遵守规则，找工作时候关注真正的能力，专业能力和职业素养是招聘的关键词，在真正的职场中生存下来并职位升迁，没有几把刷子是不行的，而失业是美国人头等头痛的大事，没钱是过不了日子的。虽然，吸毒和枪支是大学里最令人担心的事情，不过我所见的学生都阳光，那些在大学酗酒、吸毒、堕落、混日子的学生，往往是真正该淘汰的学生，老师不太留情面，社会更不留情面。

　　教育面向社会、面向世界，咱们的口号已经提了很久了，但我们的素质教育该如何更新与落实？路在哪里，值得深思。

不务正业

在国内研究生课堂上我曾说过，读书有三个层次：读故事、读自我、读专业。读故事就是知道一本书中作者所描述的内容——故事写了什么，主人公是谁，遭遇了什么，等等，你看到别人的世界与你的是多么不同。慢慢地，你会发现，故事里那个人与你有点相似，那段经历与你有点关联，那么，你在读自我了。书或者作品只是作者制造的一面镜子，照见的是你的影子，至于顾影自怜还是豪气干云，各有不同，你在体验别人的情感的同时，还欣赏了镜子中的自己。深入再读，你可能会发现，某个故事如果换个环境、换个人物，结局会大不一样，这时候，书本故事穿透纸背进入现实，人与环境之间存在的规律及其趋势成为阅读重点，故事和文本只是范例。这就进入到读专业的层面，客观分析哪些人注定悲剧，哪些环境改变会逆转剧情。

我对金庸的武侠小说百看不厌，二十岁之前读的都是故事，像杨过、令狐冲、张无忌，都是三十岁之前读自我的结果。2008年我做了一个研究生课件讲"武侠小说人物与知识管理"：梅超风盗得经书自学成才，没有理论指导的江湖案例型知识是靠不住的，可能会误入歧途；周芷若师传的经书理论案例都有，但师父死得早，没有经验性知识参与探讨理解会不充分，进不了一流高手之列，而高手对决中，差之毫厘会谬以千里；王语嫣博览群书上百家讲坛可以，运作公司肯定出问题，因为理论知识与实践知识不能有效结合，不经整合的知识不能产生巨大效用；乔峰降龙十八掌的厉害在于推陈出新，创新是竞争力的核心来源，名师指点、勤奋刻苦只是基础；老和尚觉远一股痴气，练就九阳真经，只因为兴趣是最好的老师，即便不能用之成就霸业，满足自身修为绰绰有余；张三丰超越武功招式，在武功伦理上创新，将练武的价值观由打打杀杀转化为强身健体，将个体之间快意恩仇的竞争性行为上升为人人太极自强不息的社会性福利，因而成为武侠圣人，专业知识需要与社会福祉兼容。上完课，研究生都说喜欢，不管怎么样，有人喜欢总是好的。至于为什么喜欢，他们讲，我就听，不讲我也不问，万一，如果仅仅是客套，面子还挂不住。

只有极个别的学生会问我，老师，你觉得自己像谁？我的专业性质很像老和尚觉远，每来一批新生，我就将知识的泉水倒入他们脑海中。但是工作绩效却像苏星河，五花八门中看不中吃。在他的师父逍遥子的言传身教中，苏星河在乎琴棋书画诗歌艺术，喜欢的东西太多，虽说艺多不压身，但是艺多会分身，拼了老命也只勉强维系了一个门派的传承，而且自己还不是掌门人。不务正业是他失败的重要因素，这是因为没有专心研习武功，在竞争中的江湖里，只有风花雪月的美丽，没有过硬的本事，还遭遇诡计，如何应付得了。我一再告诫自己，不要成为苏星河。专业一定要做好，那是人生的饭碗。但是，一些学生却提醒我："老师，专业，只要三分好就得了；人情，要十分好！"然后，再加上一句："老师，你每个月的工资够你买房、买车、养小孩吗？没有额外收入，你能在这城市活下去吗？"不愧是商学院培养的高才生，洞悉现实，入木三分。不务正业原来是常态啊，那么奢望社会总体绩效高，岂不水中捞月？

美国秋天很漂亮，灿烂的黄叶挂在树梢，映衬着蓝天白云，美不胜收！在美国访学，如果不去拍拍照，留个纪念，那遗憾可大了。虽然黄叶很美，但是落叶凋零在地上，几场秋雨，腐败烂透，气味很臭，如果累积在路上，压成烂泥，狗屎一般。不过，在美国很少见黄叶掉落一个星期还在原地踏步，因为每个家庭、每个机构都需要各扫门前叶，当然可以请专业清洁公司来负责。清洁公司的工人们没有拿扫帚之类，拿的都是小型鼓风机，将落叶吹在一起，然后由机器卷入、磨碎、运走，两天就将整个公寓的落叶清理得干干净净。其他的垃圾，由租客各自将垃圾分类投入到垃圾箱，有专门的清洁公司运走。公寓地上偶尔有碎玻璃瓶、塑料垃圾，有一个白胡子的老员工负责驾车巡回清洁（我每回早晨见到，都会招呼早安）。在美国，工具非常专业，不懂使用专业工具是不可能"务正业"的，如果不会摆弄机器，可能连扫地资格都没有，只有会操作专业机器，才能有份工作。

使用机械只是职业化的初步条件，并不是长久饭碗的保证，良好的职业道德是个更重要标准。守时、守信是最基本的职业规范，美国人做得都不错，提前预约，准点到地儿，在生活中和工作中都如此。由于市场经济发达，商品价廉物美还方便购买，一些回国人员经常遗憾说买得太少，还请在美人员继续帮带。与中国商店布局是围绕着消费者住地来展开不一样，美国商品销售是围绕专业化思路展开的。专业化的购物场（Mall）多半靠近公路交会处，便于物流运输，及时供应（Just in time）是物流产业高效的供应体系运行的核心，这已成为根据预测的销售量以最低的库存与运输成本、最快的时间为标准而建立的管理制度。美国消费市场庞大，对价格、质量和供货速度等服务比较挑剔，尤其是食品、化妆品等消费品的销售是有限期的，而且商品库存存在成本。维持这种高速运转体系的基本条件就是——时间和信用，没有高度的职业精神，就会出错，造成重大的损失。美国社会高度专业化，不务正业的人在市场经济中没有市场，心在曹营身在汉，或者"打酱油"是混不过去的，会被淘汰出局。

当然，职业精神不是冰冷的机器态度，相反，不关注客户感受的员工都不是好员工。这不仅在企业实行得很彻底，而且在机构协会运行也是如此。美国的文化体育免费项目很多，公园免费，图书馆免费，艺术节文化节众多，如果要参加运动、活动或者比赛，那就更多了。有人感慨，时间啊时间，你太少了，怎么一天只有24小时呢，如果48小时，就可以免费玩两场啊？但，那么多免费活动，并没有号召全民参与、全民贡献，一般都是协会号召参与，爱好者多半都是协会成员。环保组织协会成员介绍动物保护，公园游客中心员工介绍景点，运动会志愿者为运动员端茶倒水，文化馆员为你介绍书籍。这些服务人员给出的服务往往比你想要的还多，只要你不嫌啰嗦。有人说，这是寂寞的美国人终于找到了与人聊天的机会，不过更多时候感觉到的是，他们确实认为工作本身非常有趣，忍不住与人分享。

当然，职业精神的回报就是高薪酬。专业做得好，在同僚中能力表现超脱，能给公司或者组织带来利润，那么，就可以得到更多的薪水，可以做更多自己或者家庭想要做的事情。在这种竞争机制下，每个人、每个公司、每个组织维持了高效的社会运转。围绕绩效竞争，保证了职业精神，也消除了不务正业，但并不消除爱好和乐趣。如果以为美国人是一台机器，一天到晚都在运转工作，那可能有点误会。工作之外，美国人的乐趣是非常多的，尤其是那些能体现自己独特眼光和爱好品味的事情，例如，周末家庭度假，打高尔夫，开着汽车载着游艇到海边冲浪，等等，都非常流行。如果约定美国人在办公室见面，谈完了正事之后，往往会给你介绍他的爱好，办公室里面贴满摄影作品、家庭照片是非常正常的，摆上中国瓷器书法、欧洲绘画雕塑是高雅有趣的，高调地享受美好，是职业外的职业。

在金庸的江湖里，不务正业成不了大事，在美国也是，只是美国的江湖超越了金庸江湖更有规则。如果金庸江湖搬到美国，丁春秋这个随便给客户和竞争对手来个"三笑逍遥散"的怪物早就被淘汰了，没有了恶意敌人的苏星河，他在关注武功的同时弄点诗情画意，肯定是创意文化公司的总监，优雅地活在他的江湖里。

社会是一本大书，我只是随便注释了两页。这里面有点武侠故事，有点自我暴露，有点专业分析，但是，似乎哪个都没有讲透彻，都不够深刻，这也许正是自己不务正业的结果。不过，我的正业也不是作家，找个借口下台阶吧！

穷不是罪

这些天,不管美国还是中国媒体,都集中报道着这个组织:ISIS——号称"伊斯兰国"的恐怖组织。他们制造了惨烈的巴黎爆炸案,引爆了俄罗斯的航班,在马里挟持并杀害了多国公民,引起了世界的公愤。愤怒烧掉了一些人隔岸观火的冷漠,无论东西方,都不得不重视这个问题。美国广播电台开展了大讨论:一方面,是否要坚持人道主义美国价值观;另一方面,如何防止恐怖分子的伪装和袭击,讨论的焦点集中到是否该修改国际难民的接收规则。学界对奥巴马的对外政策从各个方面解读,发表论文分析中东未来局势走向,呼吁大国地缘政治的调整,等等。其实更有必要对恐怖组织存在的根基加以讨论,只有分析其主要形成原因,才能有效应对这场将要席卷全球的疥癣之患——局部痛痒难受,浑身不得安宁。

ISIS组织力量来源于"基地"组织、伊拉克的原部分军队、叙利亚的反政府武装，主要栖息在中东的伊拉克、叙利亚、土耳其的边界地区。这个地带号称新月地带，是不同文化和政治势力角逐的地带，也是地缘政治的破碎带。一些学者深度分析十字军东征的历史对认识西方文明与伊斯兰文明的对抗性当然有所帮助，但是，历史对抗也曾消停了不少岁月，而且仅仅停留在历史分析对于解决现实问题是不够的。ISIS的事件，牵涉到三个关键词：贫穷、愚昧、强权。

中东属于热带沙漠和温带沙漠地带，两河流域的绿洲农业发达，但是，绿洲之外地区，游牧业基本靠天吃饭，温饱很成问题。贫穷，一直是中东的主旋律。由于处在欧亚大陆的交通要塞、连接大陆海洋的主要通道，利用经商来摆脱贫穷是重要的手段，斤斤计较、积少成多是骨子里养成的文化习惯。自从20世纪石油被发现之后，中东还成为了能源基地，能源组织OPEC甚至一度左右了世界经济的走向。沙特、科威特、阿联酋都是富豪集中地，迪拜一直是中东土豪的象征。但是，在没有石油的地区，贫穷依旧。叙利亚2009年失业率近20%，约70万户家庭没有收入，11.4%人口的生活水平不足以糊口，阿富汗、伊拉克、土耳其南部这些地区大抵如此。

许多人都认为,贫穷是恐怖主义产生的土壤,贫穷是罪恶的。但是,中国古话也有"君子固穷""安贫乐道""穷则独善其身,达则兼济天下"等。1960年左右中国自然灾害时期,穷到饭都吃不饱的程度,但是,并没有产生唯恐天下不乱的恐怖基因。在美国,一些人还故意培养穷的意识,孩子在十八岁以后独立生活,自谋生路,到餐馆刷盘子洗碗,替人开车割草,超市收银弄点钱糊口,等等,这些孩子更不会有恐怖基因了。我出生在那个饥荒的岁月,小时候家贫,知道一个硬币也是很大的钱,十五岁后,没有向家里要过钱,只有孝顺家里用钱。读博士那会儿口袋叮当响,不用去摸都知道是几块钱,但是,还是力所能及改善年迈父母亲的生活。我热爱生活,钱,从未让我绝望过,没有梦想那才是真的煎熬。个人认为,贫穷仅仅是恐怖主义的一个环境条件,既不是必要条件,也不是充分条件。虽然,对于贫穷者而言,闹事的边际成本远远低于富人,但是,相对于生命而言,铤而走险的机会收益肯定比不上机会成本,好死不如赖活,因为赖活的机会收益永远比死了要大。显然,对于那些恐怖分子、那些人体炸弹,贫穷只是借口,对于分析者而言,贫穷只是问题表象。

由于贫穷,中东地区许多人不能上学。自2001年以后叙利亚的中学净入学率才超过41.1%,2012年达到69.1%,

女生比例48%左右。伊拉克中学净入学率2007年为44%，女生比例44%，阿富汗更低，2007年才27%，女生比例在35%以下。中学教育如此落后，高等教育可想而知，这意味着一个地区居民的基本素质是低下的，而女学生比例低则意味着作为母亲的家庭教育水平低下，见识狭窄又怎么能有超越家庭甚至超越集团的能力？没有知识的人，就是一台运转的生物机器，男人是机器，女人是生孩子的机器，男人和女人都成为可利用的政治机器。贫穷不仅仅是物质的匮乏，更多的是知识和精神层面的匮乏，拥有知识不一定能够改变命运，而没有知识肯定只能被命运摆布，或者被他人摆布。

阐释人类存在意义的时候，克利福德·格尔茨在《地方知识》中认为存在有三种方式：剧本类、认同类和法律类。剧本类认为，人生就像历史剧本的现实再演，国王公主官吏百姓各就其位，这代演完了，下一代再演，剧本是不变的；认同类认为，人生是对历史的解读，你认同哪种解读，你就过哪种生活，谁的解读符合你的心意，你就选择那种解读的生活；法律类认为，人生是遵循客观的规范前提下的主观选择过程，规范的客观性在于事实本身存在，而不仅仅是历史存在，而历史也仅仅是事实的一部分。封建社会基本上是剧本式的生存方式，在各就各位的想法下，"王侯将相宁有种乎？"都是惊世骇俗的。宗教影响人的生活是通过阐释来实现的，而现代社会多在法律规制下认识权力、权利。当剧本式存在遭遇阐释性宗教，没有知识的那些群体几乎就成了生物机器人。这些贫穷的机器头脑简单，营养不良，四肢欠发达，却只需加一点油——温饱、美色和毒品就能运转，空白的程序可以由他人随意写满什么是恶魔、什么是神主，终极的目标在于下辈子的美满，炸弹是送自己上天堂。这些生物机器人伤害手无寸铁的无辜者，因为缺少的就是自己的理性判断，没有具备自己和他人的生命重要的基本良知，没有不做权力的奴隶反抗精神，更没有想到和平的竞争规则是人类福祉，等等。

穷和愚昧如果任其自然，并不会产生自身之外的危害，然而，如果被权力恶意利用，则危害无穷。作为能源基地的中东是权力与经济勾兑的区域，贫穷一旦与不公平结合起来，就会产生负面的情绪，在权力的有意控制下，培养了恐怖的细胞。中东一些地区依然是王朝制度，国王陛下、王子殿下、亲王王公等公侯贵族位于社会金字塔尖，权力大鳄与资本大鳄合为一体，控制着国家权力，也控制着国家财富，普通的农牧民或者工人的生活水平较低。在君主制的社会里，制度核心就是血缘为本的权力交接制度及其收益分配制度，丛林法则中弱肉强食是典型的行为，利用武力自上而下地控制社会是维护权力的关键，如果没有外部势力的渗透，那么权力的自然合法性会得到认同。只是中东地区向来是权力显示肌肉的地方，外部势力武力干预的历史不断重演。冷战时期在美苏两国武力的对峙下，中东各国处于相对稳定的政治格局，冷战后这种格局被打破，苏联原来的政治地带成为了真空地带，许多原来被压制的区域性势力乘虚反弹，不仅想填补权力空白，而且想向世界证明自己。这些摆脱了大国武力控制之后的地区却更加迷信权力和武力的魅力，强权政治在该地区盛行。如果这种强权与资本结合的逻辑没有改变，恐怖主义这怪胎恐怕没那么容易消亡。

康德说，知识是善的、理性的、科学的。培根说，知识就是权力。但是知识与权力关系复杂，权力号称拥有真理的时候，谁去质疑？当王朝权力得到了资本权力的夯实之后，无论是政治权力、经济权力还是话语权力，都掌握在强权中。既然是强权，维护自身利益是首要的，民众的利益靠边去，贫穷依然是百姓的主旋律，愚昧是要巩固的，弱者要么被控制，要么被吞噬。因为对贫穷的解释权不在老百姓手中，地区强权势力显而易见不会将贫穷归咎于自己，归结为外部势力干预和侵略、树立外敌是转嫁国内矛盾的主要手段。此外，强权向来视地理范围为约束条件，将战场从区域转移到外围也是目标之一。转移战场与注意力并不是件容易的事情，需要人体炸弹，而制作人体炸弹的主要原料不是火药，不是荷尔蒙，不是好战，而是愚昧。

无知和愚昧经常被强权支配用来作恶，如何祛除愚昧是人类面临的共同问题。启蒙运动几百年来，人类的政治文明得到了长久进步，但是要根除不平等和非正义，不是那么简单。后现代背景下，多元主义虽然得到了理论上的赞同，实践层面也在积极推进。自从20世纪60年代美国的黑人领袖马丁·路德·金反对种族歧视运动以来，美国从制度上和法律上都认为搞种族歧视是非常严重的违法犯罪，种族歧视问题已经得到很大的缓解。但是如何落实正义与平等是一个不无矛盾的实践议题。因为有法律的约束，美国义务教育阶段——小学到高中，并不存在显著性差异。为了适应学生群体多样化，保证校园里肤色足够"多元化"，大学教育根据《平权法案》（Affirmative Action）实施种族招生优待政策，即给非洲裔、拉美裔的弱势群体留有大学指标，但是这遭到了非有色人种的反击，例如1978年的加州大学案、2003年的密歇根大学法学院案、2008年得克萨斯大学奥斯汀分校案（University of Texas at Austin），都是白色人种觉得自己受到了"逆向歧视"的案例。由于平等与正义并不一定重合，权衡两者之间的关系就成为重要的政治议题。美国存在不公平吗？答案却是肯定的，歧视依然是存在的，只不过，解决歧视的途径是法律方式。法律维护生命的基本权利，法律方式约束了差异被无限放大的可能。但是,在丛林社会中,法律方式没有成为社会根本规则,而不平等和不公正的差异会被当作借口无限放大和扭曲,结果是不仅不能得到正义,还会妨碍平等。

穷的确是弱的表,穷而弱的肌体很容易受到外界的感染,愚昧让人类的理性免疫系统失能,分辨不清哪些是感染哪些是抗体。但穷不是罪,只是被愚昧所累,不受约束的权力才是原罪。孟德斯鸠认为,法的精神在于法律符合人类理性、必然性和规律性,良心发现也是因为心中存在理性与道德法庭。对于非理性的恐怖行为,需要以法律为准绳严厉制裁,正如中国政府表态:"要将恐怖分子,绳之以法。"

感恩的心

周四是感恩节,但节日的氛围从上个星期就开始了。美国学生忙着订票回家与家人共度温馨时光,外国留学生忙着趁假期旅行,没旅行计划者盘算着"黑色星期五"到哪里去抢购东西。周二学校正式放假,平时熙熙攘攘的大学一下子变寂寞空城,图书馆不开门,也不用上课。我闲云野鹤,无所事事,认真参加了两场感恩节活动:一场是朋友(老师)邀请的,一场是官方(校长)邀请的,业余客串了几场购物。其余的日子基本当宅男,正好将前段时间消化不良的R语言,从头再来复习一遍。虽然我度假方式与别人相比差异很大,感恩的心却不相上下。

首先要感恩的当然是自己的父母和亲人。诗经中《蓼莪》所叹:"父兮生我,母兮鞠我","哀哀父母,生我劬劳"。每对父母生养孩子着实不易，含辛茹苦，无私地爱自己的孩子。但我更要感恩我的父母给我的正直。我的父母是标本式的中国老百姓，是"面朝黄土背朝天"的农民。父亲上到小学三年级识得些字，母亲只进过小学学堂，一册都没上完，基本不识字。父母虽然不大识字，但是努力培养孩子识字。三姐弟中，我大姐最聪明，但为"文化大革命"所累仅读完高中，在家务农，我二姐是大学生，我现在教大学生。父母亲对我们教育很上心，不全是因为他们吃过不识字的苦，也不是让我们成为"人上人"，而是为了"懂道理"。其实，他们对道理也讲不出个一二三四来，就是从小一直严格要求我们——不能偷鸡摸狗，不能打架斗殴，不能撒谎骗人，不能占别人便宜……总之，孩子就像农田里的禾苗、树林中的木秧，他们总是细心地将根旁杂草、叶上害虫清除得干干净净。父母朴素地认为，乔木之所以区别于灌木，就因为正直，只有正直，才能长高长大。虽然乔木面临更多风雨，虽然正直的人在社会中总是吃亏的，但绝对不会吃大亏。现在，经历了风吹雨打的我还是一如既往地正直，并将正直作为基本尺子要求自己的家人，培养自己的孩子甚至研究生（因为我看研究生也像看自家的孩子），撒下更多的乔木种子，未来的那片森林多么令人期待。

其次，我要感恩所有老师。从小学到博士，感恩在人生求学的每一阶段都有优秀老师在关怀我,而且不止一个。在会同,乖乖的我是老师眼中的宝,因为他们给了我阳光;在芷江,青春的我是根带刺的草,是曾老师的宽容拉回来一个偏执的我;在长沙,漫无目的的游荡中,游老师却给我一个目标;在兰州,我虽是块石头,也被导师肖教授雕琢成了玉。在长春,导师陈教授静水流深的学问直接洗去了我人生的浮华,光芒内敛,腹有诗书;在中田,原来的"小我"已经蜕变,世界精彩满眼,你欣赏之,你也被欣赏。师者,传道授业解惑,感谢老师,不仅因为学到知识和技能,能够工作赚钱、养活家人,更因为可以认识这个复杂社会的运转机制,从表象到机理,从肤浅到深刻。滚滚红尘中,仅仅一颗善良和正直的心是不够的,缺乏知识的善很有可能被利用。拥有知识才能较为准确地寻找到个人在社会中的位置,去播种或者建设正直和善良。老师播种理性的种子,理性是善的根基,而不是迷信。

当然,还要感恩陪伴我走过春秋的朋友们。如果说人生是一本连载的书,那么父母会看到序言和前半部分,孩子们看到了后半部分和后记,只有朋友,是你人生的忠实读者,会读完整本。虽然不是每天都来翻看,也不是无话不谈,或许甚至久不来谈。但既然知心,何必常见,你人生故事情节及其背后的台词、潜台词他们都清楚,偶尔还会在关键时刻带着温暖和希望到你的书中来客串一下，每次分手都说期待看你的下一集，不管是否精彩。朋友就是伴侣，伴侣中自己的爱人应该是最好的朋友，她（他）与你共同写一本书，只是从不同角度。我并不喜欢将爱人放在家庭中，爱人是朋友，只是更亲密，朋友会超越钱，而作为朋友的爱人会超越性。朋友之间需要的是心有灵犀，而不是一堆肥肉。至于灵犀是什么？是对世界的一痴一笑，你有，他也有。更幸运的是，从中学、大学、研究生到工作我每个阶段都有知心朋友，包括在美国。可是，朋友在一起，你要表示一下自己的感激，他们几乎都会说，这算啥！

其实，除了朋友知己，一些倾盖之交，也会让你过目不忘，感激不尽。想当年，被狗仗人势、芝麻都算不上的人欺负，说哪有那么多工夫让我年年请假去考试，旁边一位老师忍不住说，请个假有什么，我替你代课，他并不是知己，而是抱打不平的同事。想当年，第一次离家跨省坐四十四小时的火车去兰州复试，车上偶遇山西的侯先生，他定要送我到西安，说不想让我这样单纯的人受骗，这完全是路人——路上相逢的贵人。想当年，从湖南到甘肃，从吉林到湖南，南征北战车来车往，车厢里人满为患，没钱没势没关系的我，经常买不到座位票，更不用说卧铺，但总有好心人让你边角坐坐站站，已是幸福，在车厢里聊天海侃，各自到站，从此再无倾盖。有些人姓名记不住，感激却满怀，这完全萍水相逢。一点善心，是黑暗中的一点亮光，有时候，他们自己也并未觉察，善的光芒可以照得很远。

如果仅仅是熟人社会，我的感谢可能会到此结束，因为人的眼光并不长远，何况我还高度近视。但是，现代社会开始向匿名社会发展，许多事情让我发现，在这匿名社会中，需要感谢很多陌生人。这些人保证了航空运输、旅游景点、治安保护、教育医疗、加工制造等社会机构、企业组织的正常高效运转，而不是晚点、假货、扯皮、推拉，他们珍惜资源、尊重自然也尊重人，而且一点都不需要支付额外的精力、额外的钱。至于那些将论文研究免费发在互联网上、将数据整理免费提供在文献后面、将软件免费供人下载运行的学者、同行，我不能不感激他们的无私奉献，社会有巨大的力量在推动，并非仅仅是金钱。

感恩当然是因为自己有所得，是自主的情绪和行为，感恩是需要发自内心的。被动的感恩大体是虚伪的，多数存在利益交换，可能是物质的或者面子的，但终归是物质的。

感恩需要回报吗？当然需要！然而，我发现，图报的是那些卡住你脖子摆姿势施食的人，或者兽，或者鬼，真正有恩于你、值得你感激的人，其实他并不一定图报，一束花、一个笑脸也许足够。如果，你要回报恩人却没有着落，不妨寻找身边的人，做点善事，积点阴德，万一找不到具体的人，就认真工作回报社会，那是最好的感恩方式。

一个会感恩的人是被命运眷顾的，一个会感恩的民族是生生不息的，一个会感恩的社会是充满希望的。

大爱无疆

每次到池塘边听英语，大多数时候都会遇见大雁，忍不住会想起元好问的《摸鱼儿·雁丘词》："问世间，情为何物，直教生死相许？天南地北双飞客，老翅几回寒暑。欢乐趣，离别苦，就中更有痴儿女。君应有语：渺万里层云，千山暮雪，只影向谁去？"不过情为何物？说实在，我也并不太清楚。中国俗话说"晓之以理，动之以情"，表明道理是可以讲的，但情讲不清楚，只能打动。最近Facebook（脸书）创始人扎克伯格生了个女儿，倒是可以窥探一下讲道理的感情。

扎克伯格身为CEO（首席执行官），为迎接女儿诞生自己放了自己两个月的产假，还将形成公司惯例——以后男性员工也会享受产假待遇。在男权社会的理性逻辑下，这则新闻很是冲击眼球。因为理性说,生孩子不是女人的事情吗?给女人放假是天经地义,给男人放假是不伦不类,该是男人图假期的安逸吧!有这种想法的男人,虽然不一定是无情的人,但是一定是没有享受过被孩子感动的人。我大体知道扎克伯格在这两个月将会做什么,陪妻子生产,陪孩子逗乐,欣赏孩子每天长大的笑脸,记录孩子成长的日记,将会有劳累、有失眠、有酣睡,更有幸福和快乐,因为我就是这样过来的。当年孩子出生时我博士在读,长春归来正逢"非典",路途遥遥、人心惶惶,待到家里面对诸多杂事,忙得晕乎晕乎。待产前夜彻夜不眠,因为另一产妇嚎啕,我一夜提心吊胆,直到听得自己的孩子哇哇大哭,方觉平安是福,看到笑脸,心喜如莲。除了喂奶,其他都干,而且在月子里顺便写了导师的课题,整理发表了两篇专业期刊论文。我深信有未来的人是快乐的,因为孩子是希望,是快乐的天使。

每对父母爱自己的孩子估计会不相上下,哪个父母不爱自己的孩子?爱自己的孩子,是生物本能,但是,一些人的爱到此为止,停留在本能状态。女儿出生后,幸福的扎克伯格没有忘记让人分享他的幸福,而且希望孩子们的世界更加幸福,于是捐款450亿美元打造一个健康、文明的医疗与教育基金平台,用于支持孩子们个性化学习、疾病治疗、联网联通以及强有力的社区建设。其实,爱自己的孩子不算什么，因为爱自己的孩子而爱世界的孩子，这份境界确实高，不是因为他450亿美元的股票市值的捐献，而是这份爱心确实博大。十多年前孩子出生时，我也是扎克伯格的年纪，一个普通的博士研究生，说句实话，当时的我并没有这种世界范畴的眼光，不是因为没有钱，虽然当时也确实没有钱。但是，深层次，一些人，包括我在内，只是小爱，不够大爱，仅仅是爱自己、爱自己相关的，与自己不相关的，经常觉得没必要去爱。所以，一些人即便有了钱，吃香的喝辣的，穿名牌开豪车，逛夜店爱美女，甚至一些人没有钱也动用公款爱自己或者满足自己的爱。爱自己从头到尾但从不从里到外，因为既不能审视自己的灵魂，也不管世间的冷暖，除了爱自己的躯体，没有别的可爱，心在身体冰冷之前早就冻僵了。扎克伯格这个年轻人，一件黑T恤从春到冬没有花衣，一个老婆从前到后没有花心，一颗善心从里到外洞穿冰冷世界，不仅照耀孩子成长，还照耀爱心成长，繁花满眼。我相信，爱心还会照耀扎克伯格的事业成长，有爱心的事业是社会众望所归的，也肯定会蒸蒸日上。

但是，扎克伯格的善举却引来乌云密布，好在阳光强烈，乌云顷刻消散。在美国，《纽约时报》质疑扎克伯格慈善的避税动机；在中国，有人在网络上直接开骂资本家的虚伪。扎克伯格及时回应了股权捐赠的质疑。对"臻于至善"

道德完人的期待，对表里不一人类道德伪人的质疑，是人的本性，在美国是这样，在中国也是这样。我们习惯于要求别人做圣人，自己做圣人的评委。但评委往往不怎么专业，往往不以获得了什么来评价，而是以没有获得多少来评价，不是以感动自己的那部分来评价，而是以自己感动不了的那部分来评价，众口铄金积毁销骨，揪住一点打倒一片。当突如其来的感动超越了日常想象，超越了一般人的眼界或者思维，怀疑是必要的，但是，恶意攻击就很没必要。幸好是互联网的时代，只要信息是对的，是透明的，就会显示出威力，扎克伯格的及时申明，流言蜚语不攻自破。Facebook公司就是通过信息技术平台建设，以解决社会交流瓶颈，让社会更好沟通，更加善意和美好，显然，扎克伯格是深信这个正在建设的扁平化网络社会将会给我们人类带来更多美好，这是他爱着的世界，捐款450亿美元，这是他理性基础上的感性表达。

奇怪的是，在"老吾老及人之老，幼吾幼及人之幼"的中国古训下，我们的恻隐之心，怎么突然没有了。例如，老人摔倒不敢扶，怕被讹诈；小孩不敢爱，怕不是自己的；成人不敢互信，甚至妻子与丈夫亦如此。我们社会在一股莫名其妙的力量支配下变得越来越自私，进而变得"自宫"，像左冷禅一样神功没练成，人性却弄丢了。在美国，教堂是善举之地，私人行善非常多，慈善机构很多，图书馆、博物馆、医疗基金会，等等，很多都是私人捐款。扎克伯格也不是第一次做慈善，他的博客贴出来的慈善项目都是千万美元级别：1.2亿美元承诺向海湾地区福利欠缺的社区提供五年的教育支持；7500万向扎克伯格旧金山医院捐赠用以支持旧金山的安全网络项目；2500万捐给疾病防治中心（CDC）用以研究和治疗埃博拉；1亿捐赠给纽瓦克的公立学校系统。显然，他对慈善的爱就像是汤显祖说的，"情不知所起，一往而深"，而且让一些人"死可以生"。

情为何物？情就是爱，爱肯定要有情，但是，情绝对不仅是爱情。理性地认识这个世界，感性地爱这个世界，不管人们之间是否熟识，由个人、家庭而世界，这是大爱，无疆的大爱！

房奴历险

在国内因为不买房，房奴历险记之类都属于别人的故事，在美国最近找房子，亲身体验了一把房奴骨子里的无奈。

因为Campus Crossing公寓管理太差，房间陈旧，地毯乌黑，靠近汽车主干道非常吵闹。更可恶的是几位芳邻实在奇葩，电影场景中的夜半笑声，我早已免疫不恐怖了，邋遢粗俗却不能视而不见。孟母三迁，只为善邻，合同到期，我也不想续约，准备另外再找房子搬出去。女奇葩找工作先走一步，让客厅的百叶窗烂在那里，因为无法集合讨论，再也找不到谁是真正破坏者，四个人平均分摊赔钱。可怜我，客厅从来都没有用过，无故挨了十几刀。交钱给经理时，我明确说明并举证自己是没有责任的，不过，他坚持要钱，并不主持公道，说你们自己去讨论。他分明知晓女奇葩已经离去，哪里能够讨论？最后还被上了一课，我只丢下一句话："鄙视那些不诚实的人。"愤怒得再也无法继续欣赏奇葩！

　　上星期起就开始物色房子。在网站上选择房子，比较距离远近、面积大小、价格高低、卫生间多少、健身设施是否充足，等等，差不多要搞 Excel 表格做比较研究了。记录电话，填写邮件，不亦乐乎，幻想着住进新房高大上。回信结果并不乐观，要不档期不对没有房源，要不价格太贵没法承受，要不干脆没有回复。挨个打电话，标准的英语是能够听懂的，有地方口音，尤其是西班牙口音，就听得不那么明白了，当然，更多时候是对方听不懂我的英语，还是面谈比较靠谱，嘴巴表达不了，还会加上点头和微笑，着急时手脚也可派上用场。

　　中田纳西州立大学所在地默弗里斯伯勒，大多数人叫默村。我跟留学同学开玩笑，说这个翻译不准确，应该翻译为"莫非你是菠萝"，既音译，又意译，还形象生动。默村地图确实像菠萝，外环道路构成了一个椭圆，里面道路纵横，一个个小区就像是一个个菠萝眼。我这两个星期，沿着菠萝小径，踏遍了菠萝眼，发现哪里都有楼，但哪里都是浮云，遮天蔽日的浮云，让你看得见摸不着干着急。

　　好不容易找到一个租房，离学校只隔一条街，价格合适且未租出去。经理用像播音员一样纯正的英语问我："你有社会保障号（SSN）吗？"我回答，"没有。""哦，你不能租。""为什么？""我们不能担保你的信用。""我有护照、教授证、财产证明。""NO！""那该怎么办？""除非你找到有SSN的人做联保人（cosigner），而且我们要核对他的财产和信用。"我只好硬着头皮找有SSN的人做联保人。虽然信任可以一天就毁掉，但绝对不是一天就建立起来的。我到美国四个月，云淡风轻，朴实诚恳，君子之交淡如水。但谁愿意冒着自己的钱打水漂的风险将财产为他人做合同担保？在美国，信用是很昂贵的资产，不会轻易许诺给别人做担保，钱更是美国人的命根子，需要花在他们明白的途径上。

每个美国人都有一个SSN，它由九位数字组成，由政府颁发，终生使用。美国社会生活离不开SSN，如找房子、装电话、考驾照、开账户、找工作、会员卡等，均需出示SSN。SSN记录了一个公民的信用，违法违纪、违反交规、欺骗客户，等等，只要被抓住，就会有记录。这些我是很清楚的，可是我就不明白，为什么访问学者在美国就不能办理SSN。美国孩子生下来就有SSN，相当于中国的身份证（在美国驾照也能做身份证使用），移民到美国的人只要纳税一段时间后就可以申请SSN，留学生到了美国一般都可以申请。但是，访问学者申请美国的 SSN，会被告知，你不在美国工作，也不在美国纳税，不会给你办理，申请也没有用。没有 SSN，没有人相信你，举止、文明等个人修养他们会报以微笑，教授、博导等资历证明他们就是不认。除了 SSN，神马都是浮云，浮云之外，是你找房子那份焦灼的心情。当然，也有不需要 SSN 只要有护照就能够订租房的公司。这些公司大多数针对学生，采用"一人一床"的制度，这个制度对未婚的人来说，不是问题，但是对于想带孩子到美国的人来说，很成问题，因为意味着两岁以上的孩子，就需要单独一间房，租金就是双倍了，还不便于照顾孩子。

  前天终于找到有那么一两家公司，可以凭借护照和个人财产证明签订租房合同，而且孩子还不单独算。真是喜不自禁，放松下来，不料正印证了那句俗话"不要高兴得太早"。当我拿出财产证明的时候被告知"月收入需要是月租金的三倍以上"，我很自信地告诉他："是，三倍以上。"又问："有美国账户吗？"我说："有。""那么美国账户上也是三倍吗？如果不是，那么，爱莫能助。"我按住心中的火苗说："我没有任何理由将中国的钱存到美国账户上！"经理到场，说中国账户有那么多也可以！我心下暗叹，还是经理懂规则，知道做成生意。两分钟之后，暗叹变成了明明白白的长叹，因为，他们拿着那张财产证明说，数字后面的单位是人民币，不是美元，需要单位重新开财产证明。My God！人民币除以当期汇率难道不会！而且到美国几个月了，单位又怎么能远洋给开证明！即便可能，还会面临中国的机构说，你的工资是人民币，为什么开美元证明，汇率每天变动。前思后想，我磕磕巴巴地说："我知晓你们的规则，但这仅仅是个单位符号，我给你换算为美元，行不行？这么小的事情很容易解决的。"回答："这是规则！"狗屁规则，我不租了！喘着气，顶着寒风踩着自行车回到租所，右侧胸部隐隐作痛，头有点发热，茶饭不思，以为是气的，告诫自己不生气，结果还痛，而且头越来越重。后来才发现，这不是生气，而是受寒感冒了，赶忙吃药喝水，休息睡觉。

跑不动了的我，昨天还是跑到另外一家也能够用护照签约的公司，提交了申请，交纳了申请费、行政管理费200美元，终于将住房给订了下来。在美国，除了超市、商店等收现金之外，其他机构似乎都不收现金，一般采用第三方支付。地产公司的房租、费用等要到沃尔玛或者Kroger买汇票或支票，公司这种管理制度杜绝了服务员中饱私囊，也使得机构之间的横向联系更加紧密，相互制约的力量更强。当然，我也需要更多地跑路，来回折腾好几回才搞定。今天到公司正式签订了有三十九项条款的十多页租房合同，交纳第一个月的租金、保证金、公司的合同租赁费，开通了电力账户及用水账户，提交了保险，当然，免不了又跑了一趟Kroger。然后去看了房间，里面除了厨房、电冰箱之外，桌椅板凳、床铺柜子都没有，凡是搬得动、移得了的家具都需要自己购买，没有车的我，看来要面临下一场的考验。好在，身体转好，可以迎战！

晚上，坐在房间顾影自怜，房奴们为什么这么辛苦！主要看气质。我的气质是什么呢？教授气质？——放着国内一些人羡慕的生活不过到美国，身份既不是教师也不是学生，就办不了SSN。慈父气质？——人已经到中年，不是自了汉，牵挂着孩子，也牵挂着学问，但两边都要费心，两边都不想敷衍。然而这些气质都不正宗，钱不充分——这才是我与房奴们的真正气质。许多人来美国财大气粗，比弗利山庄都有几套房，哪里会在乎租房的钱，既享受青春又享受钱，风花雪月日子很滋润。而我，没什么钱却不想凭资历捞钱，人有点老，但心还没死，想学贯中西却弄得自己不东不西，气质确实很独特，经历当然也这么独特！

忽然想起《古诗十九首》有首与房子有关、与房奴无关的诗，那是《西北有高楼》：

西北有高楼，上与浮云齐。
交疏结绮窗，阿阁三重阶。

上有弦歌声，音响一何悲！
谁能为此曲，无乃杞梁妻。
清商随风发，中曲正徘徊。
一弹再三叹，慷慨有余哀。
不惜歌者苦，但伤知音稀。
愿为双鸿鹄，奋翅起高飞。

年轻时读到"知音稀"的时候不免"再三叹"，现在都不想叹了，因为叹气并不管用，如今却对最后一句"愿为双鸿鹄，奋翅起高飞"情有独钟。

对于飞翔，高楼也好，浮云也好，都是遮不住的，也是留不住的——不管是鸟儿，还是梦想！

有梦想有翅膀，就不会为奴。

何处天涯

我的专业是地理学,二级学科是人文地理学,硕士主要研究旅游规划,博士转到经济地理,工作后再转到区域经济学,目前自己研究集中在知识经济与区域发展。从客观的地理现象到主观的知识生成,跨度极大,对我的认知挑战也很大。"我心即宇宙"是王阳明的哲学思考,他的大智慧,我肯定达不到,我只是以人文学者的地理视角理解我与这个世界的关系——大部分时间都在阅读、研究或写作,小部分时间到处求学和外地考察。如果我对世界的感知要浓缩成一个词,那就是——天涯,这个词不仅距离遥远,而且情感丰富,对我非常有魔力。

天涯是天的尽头,但不是所有的天尽头都是天涯。小时候夕阳下山的那头并不是天涯,与屋后的山坡、门前的田野一样,是家的一部分。显然,天涯不是家的天边。当中学时节唱弘一法师的"长亭外,古道边,芳草碧连天……天之涯,地之角,知交半零落",才有天涯的概念,想象着那应该是一个随意漂泊、完全陌生的地方。后来,到西北师范大学读研究生,期间经历了与江南完全不一样的高原、大漠,河西走廊的"大漠孤烟直,长河落日圆",甘南、青海高原的"天苍苍,野茫茫",发现,天其实没有涯——只要纵马驰骋或者驱车前往,都会发现"夕阳无限好","黄昏在那边"。海南岛考察时看到几块礁石上书写有"天涯""海角""南天一柱""海判南天"等,才知道天涯海角好像也有尽头。多少文人才子被贬到此一游,对他们来说当然是九死一生的天涯,就像如来佛的手指,跳过去,天涯山外山,跳不过,这就是终极天涯。因此,天涯的起点在你的家,天涯的终点或者结局并不确定,那是机缘。《马路天使》的天涯歌女有份爱情在天涯,《亡命天涯》(*The Fugitive*)中的理查德·金伯有份正义在天涯。机缘不同,故事不同,故事背后是水月镜花的机缘,至于是相聚还是别离,好像与天涯无关,天涯只是生活或者戏剧发生的场所。

机缘凑巧我再次到美国,坐飞机十四小时的天涯是故乡望不到的天涯,因为在地球的另一边了。在天涯这边有点插曲,没有戏剧,生活按部就班,阅读、学习、研究、周末旅游走走，虽然，言语还不是很习惯。如果没有特别的人和事，天涯就平淡为家常——一个日复一日、年复一年的固定程序，而不是那个想走就走、东飘西荡的天涯。可见，天涯究竟是常规之外的地方，至于哪个地方，随缘吧。一学期结束，开始放寒假，校园清静得像寺庙，没有暮鼓，只有钟声，在空荡荡的校园回响，天涯这词也在空荡荡的心头回响。于是决定再走天涯，先是想去阿拉斯加体验北极的极夜，朋友说北极的极夜就是一天到晚在房间，外面都是夜，看不了，玩不了，照片也拍不了，不如去南部，阳光沙滩海浪仙人掌——当然不是外婆的澎湖湾，而是佛罗里达州的基韦斯特（Key West），离古巴只有90海里的美国最南端。

在Expedia（亿客行）网站上，根据航空公司、机票与价格选择日期，将机票和住宿一起预订了，简单查阅了住宿地和当地的地铁、公交车等通勤状况，知道下飞机如何办即可，天涯有太多的不确定性，只有依赖临机应变。星期一从默村出发，坐公交到纳什维尔再转机场，在达美航空公司取票。过安检时竟然没通过，站在那里让警察摸了一阵子，反正没事儿，如果天涯之旅没有点意外，那么，体现不出缘了。缘，就是诸多偶然性成为你的历史、你的实在。坐飞机转亚特兰大，中途停留一小时再转飞迈阿密，到达已是晚上八点钟。下飞机乘坐机场地铁到迈阿密地铁公交站，拿张地图坐上快速公交从城市西北坐到东南，因为不知道在哪个站下车，就与旁边的帅小伙聊天，不过很遗憾，他也是从加拿大到迈阿密旅游的，对面的大络腮胡子告诉我们在第五大街下车。对照地图过两条街，拐一个弯，晚上十点，到达网上预订的酒店，登记住宿后安稳睡觉。天涯的路径在地图上是如此清晰，不需要莽撞，也不需要担心，需要的是一双看懂地图的眼睛和一张会询问的嘴。然而地图标注的是符号化的天涯，能标注的也是物质的、既定的、标准的，那些习惯的、文化的、细节的虚无缥缈的东西，只能等待你的天涯观察和感受。

　　第二天早起，沿着迈阿密海滩往南走，与《迈阿密风云》相比，海天一色，完全没有风，只有几片云。这片海与广西、海南的那片海没什么不同，都是碧浪如线，城市岸线曲折但简约。途中，见有人在沙滩上堆了一座欧式城堡，前面刻着"愿意嫁给我吗？"看得出情真意切的小伙子急不可耐，已经顾不上浮沙上的誓言和挂在天边的烧饼都是靠不住的象征。可是刻在石头上的誓言就一定是兑现的吗？如果天涯是真的，就相信奇迹吧，既然天涯都是真的，刻在天涯浮沙上的誓言为什么不能是真的！在路边汉堡店吃早餐，顺便问清楚了乘坐到市中心的路线，在市中心交通信息中心问清楚了基韦斯特的路线——先坐地铁，再坐公交，最后坐大巴，但只到基拉戈，还不是终极的基韦斯特。想就近参观城市边缘的湿地公园，交通线路也复杂难辨，一时半刻不能熟练。天涯，在地图上是一个点，在现实中是一块面积很大的土地，土地上线路复杂。这回决定不再自助，乐意被打包参与旅行社，于是打电话约定旅行社的客户经理第二天十点在酒店见面，剩下时间，在迈阿密的城区随意闲逛参观。

  第三天早晨六点就起床，却并不是为了见面，而是为了看海上日出。其实，这不是我第一次看日出。我在海南岛回广州的路中看了两回，每次都看得心潮澎湃，像艾米丽·迪金森的诗歌里说的一样："为什么看到日出，我就不能自已，因为先生，你就是日出，而我，爱你。"久住城市，日出总被高楼遮住，我爱天涯日出就像大漠日落——浩淼壮观一览无余。我，静静地举起相机，记录着美丽的缘分天空，海鸥飞进照片中，儿童走进照片中。拍几张也就够了，世界那么大，要记录的太多，恐怕装不下，因为无论是相机还是电脑，究竟有容量限制，唯有感觉，依赖于你的眼耳口鼻舌身意，不盈不溢。早上十点，经理按时到，其实你的天涯钟点也是他人的日常作息时间。人在天涯，注定你是信息缺乏的，人在当地，肯定要借机会发点财，旅行社正是利用信息不对称来服务赚钱。签订了两份旅行合同——下午一点五十的大沼泽地国家公园和次日的基韦斯特。趁着中午有点空，我忙去泡个大海澡，不会游泳的泡澡，即便在大海里也无聊透顶，突然想到西方传说中海妖塞壬（Siren）的歌声该是多么地高亢和美妙，才能够在大海浪涛声中将怪物或者人迷住，借助海水的压力我将《帕米尔的眼睛》中的高音吼了出来，那是我一直突破不了的环节。我的歌声显然没有"黯然销魂掌"那么大的功力迷不住海妖，但海涛声中没听见她的歌声也没有被她迷住，打了个平手算我胜利。

下午跟团参观迈阿密国家湿地公园。与国内极个别黑心旅行社不一样，美国旅行社的服务中规中矩，因为对他们的投诉会记录在他们的社会保障号SSN中，服务不好，也可以不给小费。这次服务很好，司机兼导游，语言优美，态度和蔼，就是湿地公园本身缺乏亮点、乏善可陈。乘坐小机动船进入湿地，宣传册上的鳄鱼就在红树林里面晒太阳，水面上有些莲叶类似睡莲，开着非常小的黄色花朵。驶出红树林后，四周水草丛生无边无际，茫茫千里若梦，只有一只白鹳飞出芦苇奔向火辣辣的太阳，一苇渡江的达摩应该是以这种飞翔的姿势接近光明。后来观看鳄鱼表演，与泰国表演者给鳄鱼刷牙还探头进嘴里去看是否干净相比，这里美国人骑鳄鱼表演要初级很多，不过并不遗憾。因为安全是美国人的首要权利，期待虐心的表演，对美国人来说，那是遥不可及不可想象的——也等于《天方夜谭》的天涯故事。

第四天早晨六点五十分就起程前往距离迈阿密城市280公里外的基韦斯特岛屿。离开迈阿密都市之后进入岛屿链。岛屿之间都修筑了高速公路，将离散的岛屿串成了钥匙，成为大西洋和墨西哥湾的分界线，岛屿链的最西段就是基韦斯特。十一点半到达，回想汽车在高架桥上临空而过的蔚蓝大海，确实美不胜收，更美不胜拍。坐大巴欣赏风景无疑大打折扣，想象只有坐飞机可以拍得全面。岛上热带风情浓郁，阳光沙滩与迈阿密差不多，比广西北海的沙滩面积还小些，游客却比较多，整个小镇除了天涯来客，就是为天涯来客服务的当地人。

岛上建筑大多数是19世纪的西班牙风格，船只、珍宝等特色博物馆四五家，蝴蝶、海族等特色生物馆两三家，酒吧餐厅、家庭旅馆到处都是，滑水滑板游艇帆船一应俱全，购物休闲随处可见，高尔夫球场也少不了。可游览景点甚多，虽然有观光巴士，但是短短五个小时不可能走完全部，只有根据喜欢和缘分来选择。因为喜欢海明威的小说，他的故居是一定要看的，不过单看房子肯定如宋词说的"几回相见，见了还休，争如不见"，因为该房子在美国实在太普通。不普通的是他的作品，无论是《老人与海》的倔强与执着，还是《丧钟为谁而鸣》的正义与坚强，都坚守着人类的善心，仿佛在惊涛骇浪中守住心灵的一方净土。恰如大西洋上的基韦斯特这弹丸之地，曾经是海盗的天堂，也是西班牙殖民的对象，现在是比基尼的感官世界和照相机的盛宴之地，围绕着天涯来客和平而包容地存在，逐利却并不势利。天涯相聚的人身份复杂各异，富裕的游客住在古董装饰的高级酒店里，没钱的游客一日游回到迈阿密，街头的流浪艺人在吹长笛、弹吉他，甚至在广场杂耍，三个空翻一番吹牛，旁观者就往帽子里扔钱（不禁让人想起，老北京的天桥应该比这个热闹），但是，短暂的天涯相聚却让各怀目的的人相互欣赏，哪怕是一刻。

然而天涯的精彩就如烟花，欣赏终究只是一刹那，人不愿意到天涯，是害怕那一刹那的欣赏可能都没了。回程路上，因为电话费过期没交，网络不通，微信发不出，QQ上不了，这时候，觉得好像是回到那历史中没有桥梁的基韦斯特岛——真正的天涯。因此，天涯的距离，其实不取决于你是否到了天涯，而是取决于你是否欣赏和被欣赏。欣赏，天涯也比邻，不欣赏，比邻也天涯。王勃说"海内存知己，天涯若比邻"，希望知己比邻，其实是害怕没有欣赏。如果相互不欣赏，那么可能是"海内没知己，比邻若天涯"：一则如迈阿密的市中心，左边是讨饭的叫花子给个面包钱就说感谢感谢，右边是珠宝店开门恭迎绅士大驾光临，他们只有一街之隔，而无疑是天涯之别。另一则如陶渊明，"结庐在人境"无人欣赏,"心远地自偏"自我欣赏。前者的天涯就在身边,却只可仰望,而后者心中就是天涯,可随意徜徉。

经历过,观察过,欣赏过,感悟过,天涯的内涵不再残缺,无论是地理的、社会的还是文学的!

圣诞快乐

昨晚是平安夜，今天是圣诞节。不管美国还是欧洲，只要是信奉基督教的地方，都在庆祝快乐，一些并不信奉基督教的地方，也在跟着快乐。整个世界似乎都很热闹，宝马雕车香满路，红帽袜子满糖果，圣诞节是关于孩子出生的节日，但快乐却不局限于孩子。

在大家都庆祝快乐的时候，我一直在想平安和快乐与圣诞是否有必然联系。这个问题一提出来，很多人都会笑我傻。因为享受快乐就好了，要寻根问底探究原因，很可能是自讨苦吃。证明快乐无非有两种结果——证实或证伪。如果你证明不快乐，大家会不高兴地反驳："这么扫兴，乐一下都不行，难道成天苦憋着脸才好？"如果你证明了快乐，大家会高兴地反驳："众所周知，还要你来证明？多此一举。"

一些哲学家并不认为快乐是人生的必备品。叔本华自己过着上流阶层锦衣玉食的生活，但认为人生就是痛苦，和佛教说"人生是苦，解脱是福"还不一样，似乎还解脱不了。叔本华说："除了以受苦为目的之外，人生就没有什么目的可言。世界处处充满着痛苦，都源于生活本身之需要，且不可分离，真可谓毫无意义可言"（《悲观论》），因为"人生是欲望（意志）的表现，而意志又是无法满足的渊薮，人生却又总是去追求这种无法满足的渊薮"（《作为意志和表象的世界》）。叔本华的世界从头到尾都是悲观，那么，人真的那么悲观吗？有没有快乐呢，哪怕一丁点的快乐呢？其实他也提到"行动不便看到瘸腿的，比较而下，很快乐了"。与更加悲惨者相比，人都会有某种程度的心理剩余，阿Q也会这种横向比较，获得些快乐和自得，虽然，很快就没乐了。因此，即便在最悲观的哲学家看来，其实还是存在一丁点相对快乐的。快乐与悲伤这对矛盾体，总是在与困难比较中区分的，渡过或者克服了困难就会很快乐，克服不了就会悲伤。

昨夜是平安夜，如果从孩子诞生角度看，这一夜其实是心理焦躁、危险丛生并不平安的夜晚。可以想象的是，在古代或者现代一些生育技术欠发达地方，生孩子几乎靠妇女本能，孩子出生的前晚对于产妇母子来说前途未定、生死未卜。凡人在娘胎里住了十月，如果过了预产期还不生下来是很危险的。耶稣比较正常,没有记录表明是否超过预产期,似乎没有享受延期出生的圣人待遇。我是凡人但享受了延期出生的待遇。当年我娘怀我时没油水,没饭吃,营养严重不良,怀孕期间的夜盲症尤为厉害,而我在娘肚子里赖皮多了一个多月,幸好每天动一两下,证明我不是个死胎。十一个月后一块"石头"落地,母亲听见我喊叫,得知孩子真是活的,心情超级快乐,当晚夜盲症迅即解除见到了光明。我在我的孩子出生的前一晚,一直在祈祷母子平安,明白了祈祷是一种面对自身无法解决的困难环境的慰藉灵魂的方式。直到孩子出生,心才安稳,快乐得忘乎所以,男孩女孩早已经无所谓了,生命本身就是奇迹。孩子诞生,不仅在于恐惧消除变为平安好像警报解除,而且在于无限的希望又像汽笛鸣响,无论哪种情况,都是快乐丛生。家里其他人的快乐,就更不用说了,尤其是做爷爷奶奶的人,虽然没有戴红帽子、穿红皮袄,小红包总是有的,更多的是,乐呵呵地抱着、哄着、忙着、累着。

但是,诞生过程中的主角——孩子是否快乐,无论是咱们东方传统还是西方文化都好像存在误解。中国传统认为,孩子是哭着来的,西方认为,人一生下来就有原罪,两者都认为孩子在出生时候不快乐。以我推理,这种观点应该站不住脚。当护士抱着孩子出来时,我看到孩子已经睡觉了，小脸甜甜。我当时就存疑，人一出生，是啼哭吗？在娘胎里，婴儿不用交房租就管吃管住，想游泳就游泳，想睡觉就睡觉，快乐应该少不了吧。经历产道会被紧紧约束，需要本能地挣扎和努力，但是，这会让孩子哭吗？人类历史经验中，有哪个人经历了磨炼之后获得了巨大自由还会哭的呢？喜极而泣是成熟的感情，刚出生的孩子想必没这么复杂，应该有本能的反应——哈哈大笑。孩子的哇哇大叫，应该只是向世界宣示，我冲破约束获得自在，多快乐啊！我们认为他在啼哭，只是因为声音像哭，其实似是而非。如果是哭，那么，谁看到了婴儿声泪俱下？谁看到婴儿愁眉苦脸？我曾经观察过医院其他孩子，吃饱了，一个个都满面红光，哪里会有悲伤？所以，婴儿时期所谓的哭声，仅仅是叫喊声，可能在说：我不舒服了，你快来！看透这层心理，在孩子月子里，只要孩子吭声，睡在旁边的我就鲤鱼打挺，三下五除二立马给孩子解决吃喝拉撒的问题，孩子几乎没有哭过，十来天后，孩子就由微笑升级为咯咯地笑。

　　叔本华所谓的从痛苦到痛苦的直线型人生，我想除了受虐狂外应该没有人喜欢这样。我始终认为，生之快乐是人的基本出发点，生日快乐应该名不虚传。但是，要快乐一生则比较难，一些人的终点并不快乐。人的诞生是因为克服外界约束而快乐，人的成长却是需要克服自我欲望而快乐。因为人长大了，欲望越来越多，满足越来越少。例如，希望岗位天天进步但老总只有一个，希望夜夜笙歌但精力只有一份，希望财源滚滚但运气不会常盛，希望寿命无疆但终年不满百，太多的欲望不仅没有培养希望，反倒成全了失望，让人痛苦不已，充满悲伤。叔本华《论自杀》中，那些自杀者并非因为悲观，也不是因为没有满足，而是没了希望。悲伤并不可怕，超越了悲伤会得到解脱，终究还是有快乐的一天，这就是希望的魅力。正因为怀里揣着希望，才可以对悲伤和困顿说"不"。没有同伴，不要紧，有诗和远方；没有钱，不要紧，可以努力赚；没有能力，不要紧，可以学习；没有权力，不要紧，权力并非一切，控制不了也摧毁不了一切。一个人可以经历很多痛苦，不管有没有眼泪，但是一定要有希望，即便所希望的快乐现在无法体验，它也会带给你诸多未来的可能，相信能够改变，就不会悲伤。没有希望，是绝对不快乐的！大多数人悲伤或者不快乐，就是因为没有希望，日子一如既往，未来一眼望穿，在一潭死水上看见死神毫无遮拦地迈步走来。

　　然而，欲望和希望是孪生兄弟，快乐和快感是孪生姐妹。欲望经常绑架希望，一些人错把欲望当希望，以欲望代替希望，大多数是头重脚轻，栽得不浅。欲望多半是身体的、现实的，过多的欲望表现为现实的贪嗔痴，欲望找到快感，结局却难免悲伤。希望多半是灵魂的、构想的，热烈地希望表现为未来的爱、美好和信仰，希望所带来的快乐不是生理的，而是灵魂的，而且大多数希望不局限于个人，而是超人的。如果仅仅是超越个人的欲望，我国古代像远离权力的许由、东晋的竹林七贤、陶渊明等许多贤士都达到了，但是选择山林隐居独善其身的方式克服欲望，实质上还是对社会恐惧或者害怕，总之是不抱希望的表现。

人与人之间的希望大抵相同，都渴望一个美好的世界，但是人与人的欲望差别非常大，眼耳口鼻舌身都不同，心意各异。克服自己的欲望已不易，带领别人克服欲望更是难以企及，因为要经历的不仅是个人的心理斗争，还要经历人与人之间的心理斗争。只有大智慧的圣人，不仅克服自己的欲望，而且还带领其他人克服欲望带来希望。例如，释迦牟尼佛在菩提树下顿悟，他解脱了自己欲望的枷锁，遵从他的经验，其他人也放下了不少欲望。因此，当人们纪念圣诞的时候，其实并不在乎圣人出生时候是否快乐，向圣人说声生日快乐，在乎的是圣人能否给他解脱苦难或者快乐重生。

中国的圣人一般都是专业精英的典范，历史上的画圣、医圣、书圣等都是专业领域表现最好。作为天下之师的孔子，传道授业解惑将自己的智慧留给人间，解除愚昧，开启民智，圣人之誉实至名归。近年来孔圣人诞辰纪念在国内也有仪式举行，海外偶有响应，但终究并非全球化庆典。关羽号称武圣，虽然专业领域并不顶峰（三人联手还未打败吕布），但能攻城拔寨，还能读《春秋》、识点礼仪，关键是不贪图富贵、不见风使舵，在困境中也能约法三章讲义气。中国历史名人中，多是圣上而不是圣人。圣人是为爱他人而承担痛苦的人，绝对不会因爱自己而使他人受到痛苦，圣上恰恰相反，大多数以爱天下的名义来爱自己。成为圣人的过程其实千辛万苦，孔子生前周游列国颠沛流离，死后才封圣人，保持圣人的荣誉也着实不易，例如孔子的"文圣"是汉代封的，历代皇帝都加封，以保证不贬值。但纵观历史，还真的存在圣人贬值时期，文圣、武圣的泥塑真身被毁，香火不再，斯文与功德都扫地，圣人天上有知，是否会遗憾自己未能文成武德？辛亥革命后，中国圣上走下神坛。改革开放后，人的梦想和创造力受到重视，开启了真正神圣的过程——经济发展、自由平等、社会和谐的梦想。

西方也有圣人，圣人认定机构是教会。西方圣人几乎是苦行僧的代表，但苦行僧却并不一定是圣人。无论是《旧约全书》还是《新约全书》，圣人的主要成就都不是因其专业特长，而是精神或者心理的强大。虽然约瑟夫在埃及表现出相当强的管理才能，法老请他代理管理国家，还将女儿许配给这个曾经饱尝牢狱滋味的老男孩（结婚时候快三十岁了），但是，故事重点不在于他的管理艺术，而是在他克服被逐出家门的绝望、被人污蔑之后在牢狱中还坚持正道、坚信有能力终能达到善的目的等方面。信仰和希望是穿越迷雾找到快乐的不二途径，而爱是孕育希望和快乐的基本土壤。在经历痛苦方面，耶稣达到了顶点，不同于释迦牟尼是对自身欲望的顿悟与解脱，耶稣在三十岁后遵循伦理、恪守法律、关爱众生，提出了克服人际间欲望冲突的途径：主观的爱与客观的终极法则（末日审判）。爱虽然高尚，但是爱本身很容易受伤。耶稣自己伤痕累累——被徒弟出卖、被族人申诉、被受恩者判刑、被世俗的强盗嘲笑、被冷漠的士兵驱使，最后背着十字架在骷髅地受尽折磨痛苦而死。耶稣为自己信仰的爱而死，反倒证明了他所倡导的爱是不死的，他在死前说"成了"，应该是相信自己爱的信念会被传递，而不是哀叹生命的结束。

每个人都有生日快乐，但只有这日子是圣诞快乐。大多数人在圣诞的名义下享受着自己的快乐，不过这应该是圣人所期待的，爱就是为别人创造快乐。

五味元旦

美国的跨年夜已是国内新年第一天了。

在这万象更新的元旦里,大家都在以新气象、新梦想来迎接新年,但这些天我连微信都没有更新。借口忙吧,不全是。前十天基本上就是些杂事儿——填写年终总结表格、科研成果归档、国家自然基金年度报告、为杂志审稿几篇论文、被杂志要求修改两篇论文,这些事大多数也完结了。借口没有网络吧,也不全是。一星期前搬到苹果门公寓,确实没有网络,大前天跑去康卡斯特(Comcast)门店开了账户,粗心的店员给我用户名却忘记给我账户号码,前天打电话问清楚了账号,买回来自己忘记的光纤连接线,这两天享受20美元/月的网络,速度不算快,但是很畅通,上网看资料一点都不卡。借口访学工作繁重吗,也不全是。这两天开始学写英文论文，三天才三页纸，速度虽然慢，我也不是很着急，知道不是母语写作，自然得多费点时间。正在敲键盘的时候，突然发现，元旦似乎是一个辣不辣、甜不甜、酸不酸的节日怪味豆，而我找不到北，这才是对元旦不够亲近的主要原因。

王尔德说："一件小事哪怕重复一千遍，也会有成就感。"所有仪式中，倒计时新年钟声敲响是最隆重的。本来岁月流逝如流水，今天跟昨天没有什么两样，太阳照常升起，但因为是元月1日，那些本来叫昨天、前一时、前一刻、上一秒统统都变成了去年，这一秒成为继往开来的时间长河中新的标识。新年期间，不管美国还是中国，各电视台为了吸引眼球，竞相举办着跨年音乐演唱会，将承前启后的这段时间牢牢抓住，大赚广告费。朋友们微信、Facebook都很热闹，抒情岁月的、立志奋发的、盘点成就的、祝福满怀的，恰如百花齐放，争妍斗艳，其实，春天还在两三个月后呢。可是元旦都到了，春天想着不远，春情也按捺不住，人们在心中播种着希望，并似乎看到它在蓬勃生长、悄然花开。元旦就像一道由希望烘焙的甜食，人们争先恐后地尝食，歌舞、游行、晚会等仪式似乎都在播种希望，让本来寻常的日子变得韵味隽永。

为什么新年的起点要定在这一天呢？人们会说，传统就是如此啊。查看了相关资料,发现东西方文化似乎都涉及元旦的来历,但传统很多,新年的时间还不一定在今天,而且还发现即便是一种文化中,传统也不尽相同,需要根据不同的传说鉴别分析一下确立元旦日期的道理,辨明其文化认同的依据或者改变的依据。因为,传说与传言虽一字之差,可能谬之千里。埃及人认为,尼罗河潮头初涨到开罗附近时,太阳与天狼星正好同时从地平线上升起,因而确定这天就是元旦。潮水涨落受到天体物理运行的影响确实是客观真理,但凭此确定这天是新年开头,不免有些主观,因为潮水涨落周期规律不会精确到天。不过,更为主观的是罗马的元旦说法。相传恺撒大帝这一天专门供奉象征着过渡与开端的罗马天神杰纳斯(Janus),所以定为元旦,January(1月)也因此而来。其实,如果按照天体的运行轨迹的最佳点,12月22日(冬至)作为新年的第一天是非常适合的,因为这天北半球白昼最短,黑夜最长。按照中国的阴阳历来说,这是初阳始生的日子,与旦的含义基本相似。但在对二十四节气很重视的中国,即便是历代元旦经历多次变化,也没有明确过将冬至日作为元旦的历史。农历新年总是在冬至日和立春之间徘徊。殷代新年在农历十二月初一,夏代在正月初一,商代在十二月初一,周代在十一月初一,秦始皇统一六国后又定为十月初一,汉代又恢复了夏历正月初一,直到孙中山引入公历定下了1月1日为新年元旦,农历的新年才站到历史舞台的另一侧。作为新年初始的农历春节往往在立春前后,冬至之后还要经历小寒大寒,在苦寒时节举行节庆,既是工作周期开始前的节日狂欢,也是苦尽甘来对春天就在眼前的殷切盼望。据此推论,元旦的时间含义多半不是来自于天文学意义,应该具有较深刻的社会含义。但对春节社会含义的解析往往苦多于甜,恰如"北风那个吹,雪花那个飘,年来到",表面上忆苦思甜,其实有苦少甜。因此,在最没有收成的时节过春节是人们积聚力量渡过难关的时间管理策略,就像松鼠在秋天就开始准备过冬的食物,虽然动物们不过春节。

在西方,元旦既是纪年起点,也是工作起点。与圣诞节是西方灵魂起点相比,元旦比圣诞节逊色得多,是节日即将过完、很快按部就班的一个纪念日,与中国元宵节结束就得准备种子化肥、牛羊马匹等工作一样,心理感觉应该差不了多少。元旦是孙中山先生与世界时间接轨的一个植入性节日,虽然中国采用公历作为数理统计的标准,但是,社会和文化时间还是农历的,元旦仿佛是春节的序曲,就像万圣节是美国圣诞的序曲一样。在中国,元旦的天文历法与文化生活节奏并不相符,在元旦到春节后的期间,新的目标未设定,旧的目标已时间截止。时间管理衔接不畅,会使许多东西错位，没有预见性的梦想往往会回炉锻造，丝丝青烟，辛辣够呛。就像知晓辣椒的味道，往往不是在嘴里，也不是到胃里，而是刚咽下在气管旁边进到了肺里，也许呛得你泪流满面。

即便在历法和文化、管理没有冲突的时候，杰纳斯也是个爱不得恨不得的家伙，因为这家伙特别喜欢誓言，而誓言多半靠不住。对待誓言有两副面孔，一副面向前方，一副面向后方，两副面孔存在转化，可以辞旧迎新，也可以阴阳相隔，更可以翻脸无情。当你年末整理材料发现自己硕果累累而新年诸多机会在等你发现和获取，杰纳斯的那张面向太阳的脸，颜值很高；当你站在岁月边际向后看空白往前看渺茫，杰纳斯的那张脸阴郁得一点都不阳光，像极了《镜花缘》君子国人面纱后面的那张脸，丑陋不堪。过元旦，兴致最高的是少年和青年，他们每天都在成长，每一年成长都实实在在，世界每一年都是新的，很多的希望等着去获取和实现，元旦是树理想、定目标的好时机；对于我们这些中老年，每一年身体都毫不留情地在衰退，曾经的成就都成过去，未来是新的角斗场，竞争越来越激烈，获取的越来越少，元旦是回忆感慨想当年的节点。不过，杰纳斯的两张脸四只眼睛，对人们新年的誓言或者愿望看得并不清晰、全面，如果对照年初的豪言壮志，年末的情怀估计酸得剩不下半点云烟,好在誓言确如白云苍狗,可随意涂抹,随意联想,而酸这种味道,也极具兼容性和转换性,可以酸甜,也可以酸辣,当然也有辛酸,全依赖于环境的对比和诱惑。

如今,我已人到中年,站在元旦的日子上,往前看,既不想立誓言、表决心,雄心壮志已经离我远去;往后看,也不想摆资历、数风流,并不想借此向岁月求饶。我就盯着元旦本身看,他就是一个简单的日子,既没有披上爱丽丝那梦想般灿烂衣裳,也没有穿上时间老人那建筑工地式的灰白袍子,他穿着工装在一丝不苟地拧着去年与今年之间的螺丝钉,保证不脱节、不重叠。我发现,人在一丝不苟地过日子,日子也一丝不苟地从人身上经过。没有仪式和乔装打扮的元旦,是朴素的、清淡的,更加真实和自然,水一样的滋味。人们常说岁月如流水,是感慨它悄无声息地流逝了,我感慨岁月如水并不浓烈,元旦味道依旧清淡如昨并不独特。

其实,元旦本无味,有味是人心。五味杂陈是因为每个人携带了不同的情感汤料包。浓烈不一只是因为每个人有不同的调味模式,一些人喜欢将调料包倒进一天像麻辣火锅,个别人喜欢将调料包分配到365天就如清汤挂面。元旦酸甜苦辣任由大家各自喜欢,我只希望元旦的调味包不要都是方便面式的,而是有营养、有内涵、有滋味,味道隽永,经得住岁月的浸泡。

何以解忧

以前问归国的海归"美国怎么样",答曰"好山好水——好无聊",然后意味深长地一笑。上次到美国,忙着学习,忙着参观,确实好山好水,但没觉得无聊。自己归去,海归问"你自己觉得美国怎么样",我答曰"好山好水并不无聊",他只是意味深长地一笑:"时间太短,来不及无聊。"这次来美国一年,每天都做点事,不是国内的,就是美国的,还算充实。网络时代,微信、QQ都方便,新朋旧友都可以借此评价点赞,父母儿女电话煲粥牵挂不断,并未孤独。但是,美国生活虽不无聊,却如《潜伏》中的晚秋"就是有点忧伤",忧愁总不经意而至,像冬天的寒潮。

忧是担心牵挂,愁是解决不了问题,两者加起来,担心牵挂着问题解决不了。在我的人生经历中，虽不乏忧愁时节，却并不总是伤春悲秋。少年时节或许有过"一壶寂寞千杯酒，天风浩荡江水长"的忧愁，未来无着落，心神不安宁；青年时节埋头读书忙于论文，愁着毕业不能按时、工作不能如意、理想不能实现是"雁渡寒潭形容瘦，珠离病蚌泪雨流"的忧愁。中年时节养家糊口一日三餐按部就班倒头就睡疲于奔命，没有时间去忧愁，只发现"白驹过隙光阴走，系日绳空回首"。在美国有点牵挂，有点问题，还有点时间，才能碰见忧伤——这个久违不见、带着淡淡诗意的朋友。"何以解忧"，也不再是曹操的诗，而是生活的实。

由于英语不地道，我在美国说得少，看得多。没事干的时候，就盯住过往的美国人分析。我发现，美国人很实干，要么和蔼，要么古板，但是，跟忧伤这东西似乎比较疏远。校园内的年轻人多半阳光，很少有忧郁的。偶尔看到情侣们分手，伤心到极点，大哭一场，但是痛快淋漓，很快雨过天晴。教授们大多敬业，有板有眼忙于工作，拿个皮包匆匆忙忙，生活似乎是干货，不掺和一点忧伤的水分。据说美国抑郁症者也不少，但我没接触过，不敢妄谈。在中国，忧伤这个词似乎不是诗人的专利，杞人忧天害怕天塌下来被压死，范仲淹主动负担"先天下之忧而忧"，无论贤愚都在担忧不已。好在，忧伤这东西不是痛苦不堪，也不是绝望无奈，而是吃着嘴里望着锅里的那点遗憾，比较淡，也比较轻，压不死人。只是忧伤绝对不是快刀斩乱麻的直接，如果每天都在招摇卖弄，难以捉摸，也难以决断，不仅妨碍人生的效率，也拖沓美好的节奏。

曹操说："何以解忧，唯有杜康。"美酒熏熏，香醇可口，甘之如饴，醉生梦死，忘却现实的种种苦恼，确是一些人喜欢的解忧方式。在美国，各式各样的酒都有：法国白兰地、俄国伏特加、英国杜松子酒，也有中国的茅台酒。美国喝酒必须是成年人，买酒时需出示身份证件，像我这种霜染鬓发的中年也不例外，即便是买啤酒。不过杜康对于我，不是解忧之物，而是添忧媒介。我只要喝酒，第二天肠胃肯定不舒服，不管多美的酒，都是如此。2014年体检，身体状况不太好，医生说："戒酒吧！"我笑道："本来就不会喝，不必戒了。"其实，杜康麻痹得了神经，却解不了忧愁，就像李白说："举杯消愁愁更愁。"因为，忧愁这东西，它不是细菌感染，而是情绪感染，用酒精消毒杀菌可以，用酒精消灭烦恼未必有效。美国街头偶尔见到步履蹒跚的醉汉，推测愁应该没有除掉，酒精中毒怕是染上了。

忧能伤身，可见忧愁是病，"心病还须心药医"，酒能伤身，病加一等，解忧之物，肯定不会是杜康。为了使游离情绪找到归宿，找个业余爱好来排遣忧愁应该是个不错的想法。几个朋友卡拉 OK 一顿，长歌当哭肯定不是真的哭，飞扬跋扈确实真的雄，解个忧愁有时确实真，因为情绪一旦释放，就不再念想。我曾经在长沙做过几天歌手，后来不想做成职业就转为业余爱好，发现唱歌排忧解愁效果不错。在会同乡下那段时间里，我多次站在山顶唱山歌，后来到哪座山唱哪里的歌，西北爱"花儿"，高原爱"旋子"，东北二人转，广西山歌不懂壮语就跟着哼哼。此外，喜欢拣流行的老歌在茶余饭后、工作累后慢慢欣赏。只是到了美国，大家见面都是细声细语，几乎不见喧哗。原来住 Campus Crossing，有次看到一对男女分手，正在大声叫哭叫骂，有个美国人出来，冷冷地站在那里，结果热烈的哭骂冰冷地结束。高歌也许可以解决忧伤，但在像默片一样的美国生活里引吭高歌"大江东去"，总觉氛围不太对，如果低吟浅唱，又落入了"今晚的寂寞如此美丽"套路。因为欲说还休的低调，正是忧伤的最好姿态。用歌声解决忧愁，无论高调低调，在美国似乎都行不通。

或许那些不动声色的爱好才是解忧良方。麻将是国粹，但不一定是解乡愁的好东西。四个人凑不齐是经常的事，大家需要解忧的时间并不同步，在中田纳西州立大学也没麻将流传下来。听说其他一些有麻将的地方，因为麻将输了不甘心、赢了还想赢，反倒生出许多忧愁来。下棋简单多了，只要找个对手就行，但解忧药方好找，就是药引子难寻。在美国，国际象棋下得很多，围棋下得很少，而我恰恰就国际象棋不会。上网下围棋，美国与中国时间颠倒黑白，对局室寥寥无人。即便找到了对手，优柔寡断的你，也往往赢不了棋，输了更难堪。一个人的事情只剩下看电影。电脑里的《东邪西毒》《青蛇》《新龙门客栈》《笑傲江湖》《辛德勒的名单》《肖申克的救赎》《桂河大桥》《阿甘正传》，看过很多次，嘘唏很多遍，情节已经了然，学会挑刺意味着忧愁开始扎根、烦躁开始萌芽。到电影院看新片，要钱；没车，不方便，网络看不用车却依然要钱，因为美国重视版权，网络看美国电影需要收费，网络看中国电影版权不许。从场地、版权来说看电影都不是最好选择，而且，就一个人看电影，无论对着电脑还是银幕，意思都不大。原来寂寞和忧愁好像两小无猜的芳邻，往往如影随形，寂寞登堂入室，忧愁也就在外等候了。

外来的刺激就像退烧药，暂时可以稳定体温，总是难以断病根，因为忧从中来，何以解忧，还得从内因出发。

首先，一个强壮的身体是防百病、释千忧的基础。大多数美国人相信身体强壮了，灵魂也会坚强，他们治疗抑郁症也基本上从强化生理功能出发。跑步、高尔夫、自行车、旅行这些接触自然、锻炼身体成为美国人的日常生活的部分，参加运动很受欢迎，甚至听说过现实版《阿甘正传》徒步旅行穿越美国的报道。中田纳西州立大学运动场真多，健身房也经常爆满。其实，我知道"多愁多病身"的林黛玉每天忧愁太多，本质上是因为身体不好担心不能享受生命，也相信健康的体魄才能安心工作、消除忧愁，于是买了休闲鞋，早晨散散步，晚饭后走走，维持运动量，保持健康。对比美国人的运动量，相比之下发现，咱们国人的运动量偏少，尤其是上学的孩子，不管是小学、中学还是大学，隐约觉得，不喜欢锻炼似乎是国人的文化习惯使然。唐代以后，尚武风格逐渐失传，自信心也大减，宋代"杯酒释兵权"之后，中国男性的女性化倾向越来越严重，忧愁"剪不断，理还乱"。读唐诗大多时候可以感受到征战沙场、漂泊四方的抱负、艰苦，可以痛苦但不彷徨，而读宋词感受的几乎都是幽居斗室、壮志难酬的无奈、愁绪，除了忧伤，就是脆弱。到了清代，孱弱的身体迎来的是更加孱弱的命运。《红楼梦》里面男人娇生惯养，女人弱柳迎风，开弓跑马射箭场比不过笔墨纸砚上书房，男人极少成为柳湘莲、很少成为贾宝玉，大多数都成了晴雯姑舅哥哥般只知喝酒、藏头缩尾的东亚病夫，前者还可以身行天下、心忧天下，后者醉生梦死连忧是啥都不知道。

其次，坚定信仰，是淘汰负面情绪的内在力量。忧愁是自信心缺乏的表现，"绕树三匝，无枝可依"，信心缺乏，定力就弱。在美国，人们周末上教堂，做祈祷，据说是围绕自己或大或小的罪恶展开，我听到的是围绕自己的日常担心或者悬而未决的忧虑做祈祷忏悔。从教堂出来的人们，几乎都是一脸阳光，因为信仰解除心底的那份忧伤。上帝其实不存在，可是集中人类所有优点虚构出来的上帝确实让大多数美国人找到了心灵依靠。我当然不信上帝，与美国人谈论《圣经》的时候，我都会将故事还原为人，假设在某一个局面下人的最优行为来理解神圣，发现，有没有上帝是无关紧要的。不作恶，坚信心中有美好，这份美好不是以破坏他人的美好而获取的，也并不妨碍别人美好，假如自己的美好能给其他人带来更多的美好，那就更美了。

再次，穿越迷雾，行动为纲。解决摇摆不定、踟蹰不前的问题，唯有行动。因为，要退缩可以找一万个借口，要前进只有一个步骤——迈开脚步。借口只是软弱或者衰老的代名词，所有忧虑的事情，只有迈开脚步向前走，面对问题才能解决。很多时候，忧愁就像李清照的词"薄雾浓云愁永昼"，你停留在原地，一团迷雾在远处，之外还是一团迷雾，你走近了，它退后了，发现迷雾并不将世界深锁，迷雾底下就是路。只是走的时候，别忘记留下路标，那是给后来者的路径依赖——无论是试错的教训还是正确的指引。

何以解忧,不是杜康,而是身体健康、心底阳光、行动为纲!

打折生活

万圣节之后,感恩节、圣诞节相继而来,美国进入了销售旺季,节日或者周末商店里一直人潮如涌。元旦期间还不错,节日气氛尚可,但是,顾客购买欲望已下降,再鼓的腰包也经不起两个月的持续往外掏。对此,商家打出销售季末打折促销的方法来吸引顾客,最大折扣多达八折。据朋友说,纽约的第五大道那些大品牌在圣诞到元旦期间都打折,听后大感诧异,就像看戏文里玉帝的女儿嫁给董永这穷小子一样。

美国商业系统发达,竞争非常激烈,从高端世界级奢侈品到普通百姓低端日用品,几乎都采用品牌经营模式,越是高端的品牌,折扣越少。纽约、华盛顿、洛杉矶等国际特大城市,是大品牌的最爱。纽约的第五大道上扎堆了世界级的奢侈品，例如，路易斯威登、爱马仕、阿玛尼等包包，劳力士、欧米茄等手表，哈瑞温斯顿、蒂芙尼等珠宝。对于我这种消费水准的人，哪怕是想看看现场版的品牌管理究竟是怎么回事，或者是纯粹进去闲逛，都是一件特别压抑的事情。上次到美国，好奇地进入纽约第五大道一家一流品牌店，侍者一对一服务热情周到耐心细致，产品当然是独一无二的，价格嘛，你直接看不到，当然也是最昂贵的，动辄就是上千美元，吓得连礼貌的借口都不找了，赶紧溜。我没有钱，但向来也不以钱为重，这次经历有被物质控制住的感觉，实在不爽。如果一个品牌对消费者产生相当的压力，那么，贴近客户的品牌理念是无法落实的，反过来一想，它贴近的客户也不是我这类的。虽然明星们、达贵们以及大妈们到美国扫货在报纸上也见过，现实中我没有碰到过，倒是发现，不只我一个对如此昂贵的价格敬而远之，大多数的中国游客到美国逛此等商店也仅仅是纯粹欣赏或者看热闹，购物主要集中在Outlets。

Outlets实际上是生产厂家的仓库集中地，一般坐落在城市郊外，由许多品牌专卖店构成，大的Outlets有200个以上的品牌，小的也有50个以上。上次到美国，大家一致认为寻找乡愁的地方是Outlets，而不是唐人街。因为在Outlets购物的大多数是黄皮肤黑眼睛的中国人，消费习惯彼此相似。问个好、贵姓啦、家乡在哪之类的寒暄之后，马上进入深度市场讨论，这个品牌国内便宜，那个不便宜，这个品牌质量好穿着舒服，那个品牌流行卖得俏，等等。因为不用操着蹩脚的英语问来问去，简直就是回到国内，交流很充分，真有他乡遇故知的幸福。我在Outlets曾经给同胞当了不止一回的模特：有位大姐拉着我给他先生试穿爱步（ECCO）的鞋子，也为某位先生的朋友试穿保罗（POLO）的衣服，穿着舒服、感觉不错。Outlets的品牌折扣力度比第五大道要大得多，店面一般会有30%左右折扣，会员卡会再有15%左右优惠，节假日额外再有20%左右，通算下来，最后价就是标价的40%左右。因此，感恩节、圣诞节期间，Outlets几乎人满为患。Outlets款式是大众化的，是流行款式得到认同之后的批量生产，我三年前买的衬衣款式，三年后还在卖同样款。但是，Outlets质量并不因折扣低下，是有保证的。三年前我穿着新买的爱步皮鞋回国，因为好穿，无论寒暑刮风下雨都不离脚，三年后穿着它再来美国，上个月鞋落无根，很遗憾它没能再伴我前行。美国也有Mall（购物场所），里面会有像梅西（Macy's）、迪拉德（Dillards）、塔吉特（Target）、杰西潘尼（JC Penny）等百货公司，也有品牌专卖店，各综合商店都会有自己的折扣日期以吸引客户，但是，平时的折扣力度不如Outlets，重大节假日折扣倒是差不多。促销信息都会发送到接受广告的家庭信箱中或者公寓信箱中，也会发在《北美省钱快报》之类的中文电子报刊和电子邮箱。很多人发现，一旦订阅报纸知道这类信息，发现买了好多并不需要的东西，《北美省钱快报》因此被戏称为"北美烧钱快报"。旅客在离开美国的时候，航空托运箱子最多免费两件，超过的箱子另计收费，因此，海外购物带回总量有限，超过了也麻烦。

美国东北部城市有大量的步行街，Outlets、Mall 购物场所相比之下田纳西有点相形见绌。据说田纳西有三个 Outlets，我只到过一个。纳什维尔附近有个 Green Hills 的高端 Mall，曾经去欣赏过一回，里面有 Macy's、Dillards 等综合商店，也有 POLO、MK、CK 等专卖店，见到了 LV，没见到 Armani、BOSS 等，Opry Mill Mall（奥普里米尔商城）中，连 LV 也见不到。在田纳西买东西，我去得最频繁的是沃尔玛和 Kroger，这两个以吃为主的平价超市基本能满足日常需求，办个会员卡更优惠，只是会员卡不好办，需要 SSN。田纳西也有价格更低的商店，诸如 Dollar Tree、Dollar General、Family Dollar、Allthings Possible、Bargin Hunt、Goodwill 等，似乎哪里转个弯都能看到。这些商店比沃尔玛更加便宜实惠，某些衣服 5 美元打五折，2 元多一件实在便宜！不过，款式老旧就不用说了，质量也经不起推敲，需要仔细挑选。当然，此类商店折扣还在无形资产方面。许多时候逛这类商店的人，都被贴上穷人的标签，留学生大多数都不逛，怕丢面子。我倒是逛过几回，因为换了新公寓，而美国公寓一般不配家具，只有自找。买太好的吧，几个月后就回国，不知道哪里去卖，卖不掉纯粹赔钱，还是决定买个便宜的好，即便当垃圾丢了，也不可惜。到 Bargin Hunt 看到一款沙发，简单的木头制作，有些地方裂开，连同吃饭桌一共才 100 美元，椅子 10 美元一条，床 100 美元外加床垫 50 美元，用这一套好歹可以先住下来。因为自己没有车，第二天请车来买的时发现已经售出，只好到其他地方再找。在 Goodwill 发现了一张书桌，只要 15 美元，表面已经斑驳陆离，但骨架基本完好，还可以办公，连同 3 美元的椅子一同买下。我现在就在桌上写字。它结实牢固任劳任怨没有散架，我觉得值得、好用也没有丢面子。

生活中都会有打折的时候，但是打折的生活和社会究竟不是理想的。许多人认为，现实就是打折后的理想，个别人甚至认为，生活的理想就是寻求打折。美国的商品打折是很常见的，但是，美国生活中有几样东西很少打折。

其一，工作。美国人做事实实在在的，我所见过的大多数是兢兢业业的，因为一旦失业，就只有在最低档次的商店买东西，甚至进收容所。虽然美国教堂多行善举，但是绝对不养懒汉，受教堂救济需要灵魂改邪归正。人可以找几份职业，但对每个职业的态度基本不存在"心在曹营身在汉"之类的折扣行为，工作中玩虚的很少，利用工作之便捞取个人利益更是一件危险的事情。踏实的美国人大多都认为认真工作、升职、自己开公司、赚大钱，就可以享受生活，因为他们相信，有能力的人才不会让自己的生活打折。其实，购买低价打折的东西何尝不是自己能力不足被打折，能力越低，生活质量打折的情况就会更加严重。因此，只有能力不打折，生活才不打折，只有能力不打折，梦想才不会被打折。

其二，信用。信用记录是保证社会价值观不被打折的主要手段。美国人的SSN不仅是一个人的身份证，也是一个人的信用记录卡。中国的信用记录都存在个人档案中，自己不能看，美国人的信用记录是在SSN中，机构都能看。一旦出现不良记录，在找配偶、找工作、找住房等找寻过程中，一概不受欢迎，浪子回头金子来换也未必成功。无论是商家还是个人，一旦失信，重建信用是件非常困难的事情，西方有谚语说"爱惜自己的声誉就像爱惜自己的眼睛"，确实如此。美国购物，如果有折扣，即便你自己并不清楚，店员也会自动优惠给你。因为声誉的本质是信用，一个缺失信用的人，无论如何说自己以德服人，都是没有用的。有信用的人，不仅确保自己的价值观不打折,还会约束其他人的价值观不打折。

其三,规则。规则是维系信用和能力最基本的元素,一旦规则被打折,信用会坍塌,能力会扭曲。美国人老老实实遵守规则,很少占规则便宜,也很少让别人占规则便宜。在Campus Crossing,有次清洁员换地毯带来了吸尘器,我想顺便借用一下清洁自己的房间,小伙子说sorry不行。搬新公寓之后,一天着急要打印东西,而学校放假图书馆不开门,周边没有复印店,于是找到公寓办公室,请他们打印两页纸,仅仅两页。虽然平时给我们提供材料、帮助我们联系网络水电等都打印过不少东西,但是,他们拒绝给我打印,说这是私人的事情,不是公家事情。美国商家哪怕规则错误,他们也会按照规则先执行,再改正。有人在Outlets品牌店购买服装,可能是商家自己弄错,将本来30%折扣的衣服挂到70%的地方,结账时候,电脑账单出来折扣与实际不符,客户申诉,商店也会将错就错这一回,然后,将那些商品换个地方。

其实打折生活是物质世界的被动语态。商品会随时间而贬值,物质的东西会被时间打折,因为"死去何足道,托体同山阿","地也会老天也会荒","到头来,都是衰草连天兼坟墓"。诗人艾米丽·迪金森的诗《发表,是拍卖》写道,

> 发表
> 是拍卖心灵
> 怎能使高贵的人格
> 蒙受
> 价格的侮辱。

打折的心理委屈多半是蒙受了价格的侮辱。超越物质，才能超越打折。不打折的灵魂是最高贵的，就像迪金森的另外一首诗《灵魂选择伴侣》，这种主动语态怎么会有打折的生活？也像扎克伯格买了很多打T恤，能说他是打折人生？

The Soul Selects Her Own Society

Emily Dickinson

THE SOUL selects her own society,
Then shuts the door;
On her divine majority
Obtrude no more.

Unmoved, she notes the chariot's pausing
At her low gate;
Unmoved, an emperor is kneeling
Upon her mat.
I've known her from an ample nation
Choose one;
Then close the valves of her attention
Like stone.

灵魂选择伴侣

艾米丽·迪金森

灵魂选择伴侣
然后将门关闭
为了神圣多数
绝对不容干预

必须临危不惧
哪怕战车临邸
一定富贵不淫
哪怕皇帝屈膝
世间虽万千人
我心只取其一
无意再念他想
永恒坚如磐石

雪中情深

由于地处美国中部，田纳西属于四季分明的亚热带气候，冬无严寒夏无酷暑，很中庸的地理之道。田纳西的风花雪月平淡，平淡再平淡，似乎不能打动人心。其实，越是觉得平常，越是需要在意，因为，最难捉摸的就是邻家女孩的心事，猛不丁来个例外，会让你惊讶满怀。

田纳西的风很平常，都是悠悠地吹，一点都不出格，圣诞节前夕来了个龙卷风，大街小巷都是消防车、报警器鸣响，警告大家要呆在房间，不要外出。据电视报道，有地方的屋顶被掀走，想起那些呆在房间亲眼目睹不幸的人的神情，应该如爱德华·蒙克的作品《呐喊》一样——满怀叫喊不出的恐惧。田纳西的花也很寻常，州花鸢尾花也只是漂亮得中规中矩，平时看到些花朵，星星点点散落在草地上篱苞间，看过了也忘掉了。但田纳西有种龙形黑海芋叫伏都百合，紫色花苞和花序相当巨大，味如尸臭，大而臭美，确是奇葩。田纳西的月最古朴，并不比中国的月亮圆，但它老与我捉迷藏，我到美国半年多了，看到过残月、弯月、弦月、半月，只差满月没看到，因为每到月圆时不是阴天就是下雨。

　　广西来的留学人员，很早就盼望着田纳西下雪。10月底出现霜冻，给大家惊喜，以为今年是个寒冬，雪应该来得早。不料小阳春特别长，11月还一度热得穿衬衣。小寒大寒之后，只见气温降，不见雪来临。这些天最低气温多半在零度以下，每天出个冰太阳，阳光印在脸上，自拍照都是金灿灿的，冷冰冰就像《雪山飞狐》中苗人凤的金面，显然缺点情调。电视上报道几天前纽约、华盛顿都下暴雪了，田纳西就撒了点盐，远远不到"柳絮因风起"的浪漫，有同志们等不及，飞到纽约赏雪去了。我与导师约20日下午见面，顶着一点雪花单衫赴约，为自己唐僧般的取经求学而感动，到学校却发现空无一人，原来自己不看邮件不知道学校通知放假，只得再约导师于22日见面。哎，这天气一点浪漫都没有，老天不懂情调，只懂调戏。昨天一天长阴，没下雪，到黄昏反倒点点滴滴，细雨整夜都在穿林打叶，不管你想不想听，早起看窗外还在淅淅沥沥。没有车，我担心一川烟雨如何去得了学校,顶个雪花还可以矫情地说是浪漫,顶个风雨直接就傻蛋啊。回头看邮件,又放假了,再乐得浮生一日闲。早饭过后,漫天卷起雪花,一个劲地飞舞,一阵比一阵紧,不到半个小时,地面就全白了,到现在,还在纷纷扬扬。田纳西的雪来得平淡却很有心机,很像情场老手约会:告诉你说要来,到点了不来,你要走时又来了,来了你也不想走了。激情的雪来得就是暴力,一些人被狠狠地冻了耳朵还美滋滋地发微信、Facebook,像极了被情人扭了耳朵还笑嘻嘻。

原以为经历过西北祁连山上莽莽苍苍的高原雪,经历过东北一望无垠的平原雪之后,人到中年的我,也会像李清照一样"赏灯无意思,踏雪没心情",雪来不来,没啥两样。踏雪寻梅是年轻时候的雅调,看到窗外风回雪舞,想起现在雪还是要踏的,寻梅则不一定,反正"雪似梅花,梅花似雪,似和不似都奇绝"。顶着寒风四处走走看看,树叶掉光的枝头梨花盛开,皑皑白雪下青松如泼墨皴染。纯洁晶莹的雪超越了复杂,将繁杂的世界变得简单,在似和不似之间,整个世界像极了中国水墨山水,浓浓淡淡都是精彩,确实是诗画的境界。

琉璃世界,白雪乾坤,白雪的世界超然物外,洁白的诗会超越雪。边踏雪,边默念诸多咏雪的诗,希望给凡俗的人生添加几笔写意。我喜欢"晚来天欲雪，能饮一杯无"的雅致，也懂得"柴门闻犬吠，风雪夜归人"的悲悯，欣赏曹雪芹的"入世冷挑红雪去"的洒脱，但总觉得李白"燕山雪花大如席"夸张得有点邪乎，而柳宗元的《江雪》太过孤寂，每每读着会冷不丁打寒颤。我当然也喜欢岑参的《白雪歌送武判官归京》，但我更喜欢他那首《走马川行奉送封大夫出师西征》，那里面的雪不如梨花那么娇美，而是漫漫雪海，莽莽平沙，风头如刀，马毛汗雪。二十年前正是因为这首诗，我决定报考西北师大的研究生，后来终如愿。1999年冬天在甘南高原的夏河县达久滩野外考察，深度体验了 $-30°C$ 的冰天雪地：车里呵气车窗结冰，寒风冷透浑身上下，橘子外表金玉，里面冰雪，餐风饮雪顺便餐诗饮曲的滋味苦中有甜。考察期间还见识了拉卜楞寺的喇嘛，他们傍晚六点顶着寒风在寺庙前院祈祷念经做功课，身上就薄薄两单袈裟，反衬出保暖内裤、毛线衣裤、夹克西装和军大衣包裹下的我，似乎有一颗软弱的心需要坚强。此后，无论在青藏高原、东北平原还是现在的田纳西，当寒风削面、大雪压肩、生活苦寒，只要想起岑参《走马川》这首诗和夏河县喇嘛念经的场景，都会热血沸腾，因为信念会超越冰雪，会克敌制胜会克服怯懦。

　　西方有不少咏雪的诗作赞美纯洁、高贵，与中国古诗中

"雪为肌肤玉为魂"的思路是一致的,风雪中建功立业的诗似乎只有咱们唐朝才有,我尚未读到过类似胸襟的英文诗,当然,这很可能是我读的不够多的缘故。咏雪的英文诗中有两首非常特别,也是我最爱:其一是弗罗斯特的《雪夜林中驻足》,其二是爱默生的《暴风雪》。前者婉约清丽,表现出我游离在世界之中,哪里是尽头。后者雄浑豪放,表现出世界就在我心中,心就是世界尽头。两首诗好比燕瘦环肥,也如黛玉宝钗,不分彼此。总之,美,是没有冠军的。二十多年前会同乡下的那些冬夜,我反复读弗罗斯特的《雪夜驻足》,是平凡还是美景,是徘徊还是前进,着实地让我思考,也有了走完最后一里的勇气和走到田纳西的结果。东北长春求学期间,窗外暴雪,心中无我,搜寻诗作才读到爱默生的《暴风雪》,发现暴风雪能摧毁世界万物,但不能将情感深锁,且围炉赏雪的写作手法依稀可见"何当共剪西窗烛,却话巴山夜雨时"的变幻时空,超然暴风雪,当然能超越人生的漩涡。

然而,在冰雪中建功立业或者超越自我为了什么?其实,还是生活。生活就是雪底下的大地,是诗的根基,诗则是地面上偶尔的雪,诗滋润着生活,就像雪融化了浇灌万物。在小区周围走了一圈,回首发现,踏雪赏雪都不如玩雪最痛快。转角遇到个黑人小孩,五六岁样子,扎着小辫,在堆雪人。她想打雪仗，可她妈妈袖手旁观，看到我来，老远就丢来一团雪，力气太小，到不了我这儿，我佯装攻击，她咯咯地笑，边笑边后退。我小时候玩雪也这般哈哈笑，比她顽皮多了，堆雪人打雪仗这些都是小儿科。最厉害的是我会用煤矿捡来的竹篾筐子，取下底部竹块、绑紧做雪橇，自制绑带系好鞋子，拿根树枝从山顶往下滑。至于在树上撞了多少个包早就忘记了，记住的全部是快乐。2008年带着孩子回湖南会同老家过年，也是超级大雪，在院子里堆了个超级大的雪人，过了元宵节都不曾化掉。用竹篾的箩筐给孩子做了个雪橇，孩子坐在里面，我就拉着雪橇围着雪人转转跑跑，孩子咯咯地笑，老婆幽默地笑，笑这"人拉版"爱斯基摩雪橇。冬天里孩子在没有雪的广西回忆起来总是一往情深，今天我在孩子没来的田纳西回忆起来，也是一往情深。

　　2016年田纳西的这场雪，来得扭捏，到得激烈，猛地扭开情感阀门，流淌的都是未被时间封冻的一往情深！

Stopping by Woods on a Snowy Evening

Robert Frost

Whose woods these are I think I know.
His house is in the village though;
He will not see me stopping here
To watch his woods fill up with snow.

My little horse must think it queer
To stop without a farmhouse near
Between the woods and frozen lake
The darkest evening of the year.

He gives his harness bells a shake
To ask if there is some mistake.
The only other sound's the sweep
Of easy wind and downy flake.

The woods are lovely, dark and deep,
But I have promises to keep,
And miles to go before I sleep,
And miles to go before I sleep.

雪夜林中驻足

罗伯特·弗罗斯特

我想我知道这是谁的林子,
虽然他的房屋远在村庄。
他看不到我正驻足欣赏,
漫天大雪在林中飘飞徜徉。

我的小马肯定觉得奇怪,
为何停留这荒无人烟。
幽寂林子与冰湖之间,
有着一年中最阴暗的夜晚。

马儿轻轻摇响铃铛,
似乎在问荒不荒唐。
除了风儿呼呼作响,
还有雪花黯然神伤。

可爱、幽暗的林子深藏不露。
但我发誓要走出条路。
何处归程,走走停停,
何处归宿,停停走走。

The Snow Storm

Ralph Waldo Emerson

Announced by all the trumpets of the sky,
Arrives the snow, and, driving o'er the fields,
Seems nowhere to alight: the whited air
Hides hills and woods, the river, and the heaven,
And veils the farmhouse at the garden's end.
The sled and traveler stopped, the courier's feet
Delayed, all friends shut out, the housemates sit
Around the radiant fireplace, enclosed
In a tumultuous privacy of storm.

暴风雪

拉斐尔·瓦尔多·爱默生

天空吹响号角,
雪花席卷大地。
白衣仙袂飘飘,
山川尽在怀抱。
花园披上婚纱,
羁绊游子天涯。
闭门红颜相对,
围炉畅饮共醉,
闲话暴雪滋味。

舌尖美国

平时我一个人吃饭很随便,一餐炒两菜,下餐吃上餐,两菜一整天。如果忙点事就更随便,直接美国餐,三明治、汉堡、比萨,能填饱肚子就好。两周前过腊八,标志着进入中国春节步调,中国味道在过年过节的日子里特别诱人。年关近了,年的味道越来越浓了,微信圈里宰猪杀羊,腊肉香肠很肥美,气味也芬芳!那天我却忘了,朋友电话提醒才记起,那好,约几个朋友到我公寓房间吃一顿吧。吃是节日纪念最基础的、可能也是最好的方式,搞上五六个菜,算是过节了。饭前朋友们都要拍照片、发微信,说在美国吃了大餐。嘿嘿,这也算大餐?不就是麻辣海带排骨、芹菜鸡杂、番茄牛肉、手撕白菜等家常便饭?有一样菜美国风味非常特别,就是在外面地里扯了些野生藠头,做了个中西合璧的藠头炒蛋。大家照顾我的面子，都说很好吃，孩子们的表扬比较美式，毫不含蓄地说"下次还想到你家吃饭！"其实，不是我的菜好吃，而是我们肠胃里的中国味道恒久。近几天，有老师陆续回国，送行的饭局一顿接一顿，他们准备充分，菜更精致。大家一致公认，只有中国餐才是正宗的中国味道，只有过年才是最正宗的中国餐，并幽默祝福："若到家乡赶上'年'，千万和'菜'住。"

张爱玲说："女人要抓住男人就先抓住他的胃。"其实何止是男人，《舌尖上的中国》征服观众，不管男女，老少通抓。据说如果胃对某种食物产生依赖，可以持续十七年，也就是胃细胞全部换一遍的时间。到美国只有一年半载，个别细胞开始想换，其他细胞却反对得不得了，像刚断奶的孩子，不折腾一段时间是不行的。劝君多吃点，食物最相思。湖南人想念辣椒，西北人想念拉面，东北人想念饺子，两广人想念白切鸡。我说："湖南是我故乡，西北、东北都是我第二故乡，广西是我工作地方，你们想的我都想。"他们说："你想得太多了，油嘴滑舌没个准。""油嘴滑舌真冤枉，因为我什么都吃！""为什么你都吃，什么都津津有味？""吃嘛嘛香，很简单，只需要彻底饿一回！"

我妈妈厨艺很好，做什么菜我都爱吃，从小到大几乎不挑食，除了羊肉，因为我妈不吃，我也觉得"啖肉食腥"总是怪怪的。1999年到西北师大开始研究生生活,牛肉很对胃口,尤其是兰州牛肉拉面,"一清(牛肉骨头汤)二白(白萝卜片)三红(辣椒红通通)四绿(香菜绿油油)",确是我的最爱,几乎每天早晨必吃。但是,羊肉还是不吃,笑说不想开羊荤,觉得味道不很喜欢,究竟为什么不喜欢,又说不上。1999年底到青海海北州考察,到达已经是晚上。第二天,天微微亮就开始早餐,同行局长非常关切地说,高原美丽宽广,但天冷风寒,喝牛奶加上奶酪热量充足,可以适应高原天气。一喝之后,发现奶酪原来是羊油提炼的,卡在喉咙不上不下,硬是咽下,胃里翻腾,差点连刚吃的那半个花卷儿都保不住,其他东西也没能再吃下。七点半出发,沿青海湖北边考察达赖神泉、玛尼石堆、古代码头、西王母庙,等等。青海湖正在封冻,支流已经冻住,湖面也结了层冰。八戒在通天河用钉耙试试可否渡河,我踹了一脚试试冰有多厚,结果发现,冰不厚,一脚就踹破了,但脚进去了,幸好只一只脚,不幸的是快湿透了。考察往前,在地广人稀的高原上,走一段路,坐一段车,再走一段,我迈动干湿两只脚,不拖后腿,在"风头如刀面如割"的青海湖边饥寒交迫地停停走走、走走停停。下午五点左右,到了一位旗长的家,局长说,考察辛苦了,在这里用午餐吧。旗长是藏族人,为人豪爽,水煮全羊招待我们。因为饿,肚子细胞可能一天就换了个遍，我抓住一只羊腿，还没怎么蘸胡椒蒜泥，三下五除二吃得精光，外加两个藏族糌粑、两碗青稞酒，颠覆性发现，羊肉、猪肉、牛肉、驴肉、狗肉……都是天下并列的美味，没有之一。改变胃口，不要十七年，只要足够长的一顿饿。从此之后，再无任何饮食禁忌，兰州的手抓羊肉、葱爆羊肉、羊肉泡馍，东北的酸菜粉条、白肉血肠、杀猪菜，广西的白切鸡鸭狗，等等。嗨，只要是可吃的，都是喷香的。

都说适者生存，我看首先应该是食者生存。只有吃得下，才能胃口好，才能身体棒，才能改变环境。初到美国的日子，住宿没订下，自然是东一餐西一餐，无论是 Subway 还是 Kentucky，面包搭个火腿，汉堡夹个香肠，我一概来者不拒。美国蔬菜大多是伴着沙拉生吃，西红柿、生菜当然生吃，芹菜、胡萝卜、洋葱、青椒也生吃，甚至蘑菇也生吃。我也生吃，最爱那酸腌的秋葵，非常美味。我这种大无畏的精神羡慕坏了同来的人，看我吃过几天后，也没啥事，他们也开始吃生的，其实，我也是看美国人生吃才敢的。后来找到房子，自己做饭之后，生吃得就少，跑超市必不可少了。美国超市很便利，公路的十字路口几乎都有服务店，不管是沃尔玛、Kroger 还是 Save a Lot，蔬菜水果肉蛋禽都齐备。在 Save a Lot 竟然发现有卖鸡肾、鸭肾、猪肚子，价格超级便宜，喜出望外，因为美国人很少吃这些内脏，我买回来做了好几次麻辣番茄鸡杂、花椒猪肚炖鸡，很受欢迎。虽然田纳西是农业大州，但是，蔬菜相对价格比肉贵，远不如中国便宜，一棵大白菜6美元赶得上一只鸡了。每周六在市中心还有农贸市场，周边的农民赶来这里摆摊设点，提供茄子辣椒、西瓜大蒜等蔬菜水果，比超市新鲜，价格也更贵，逛市中心基本不买，纯粹是去回忆小时候跟随母亲摆摊卖菜的时光。默村还有个老挝人开的亚洲超市，卖些粉丝、笋干、腊肉、罐头、鱼丸等中国食物，是留学人员喜欢去的地方。过中秋节我就在那里找到了模拟月饼，买了材料做成竹笋小炒、鹌鹑木耳、鱼丸粉丝汤，大家慨叹那锅鱼丸粉丝汤牵牵扯扯、汤汤水水，像极了中国乡愁的形状和味道。

美国人喜欢烤肉吃，尤其是烤排骨、烤鸡翅，餐桌上画龙点睛之菜就是烤出比其他家更巨无霸的食物。感恩节到中田校长家吃饭享受了烤火腿，圣诞节到老师家享受了烤火鸡，两者共同特点就是摆在桌上超级威武，用餐刀切下小片熏肉就如微缩版的愚公移山。食物那么大，盐味入里该是个漫长的渗透过程，我只慨叹不知腌制了多长时间，才能像湘西腊肉一样咸。美国厨房电炉、冰箱、洗碗机等硬件一应具备，只需自己买锅碗瓢盆。每个厨房都会有烤炉，留学人员学以致用、用以致吃，烤炉用得炉火纯青，很快青出于蓝而胜于蓝，比美国人还熟练。排骨或者鸡翅，小条小块切好放入，中间停电取出，撇开油腻，放上香料或者麻辣，继续深烤。餐桌上，香透肉骨头，味入人心脾，吃起来松软绵甜。吃过这等烤肉烤鸡，再到麦当劳、肯德基去，觉得那个炸鸡腿就太幼稚，笑说，因为那是不成熟的童子鸡。

中国美食的地方化特色非常明显，但美国美食的地方特征不明显，因为超市遍布各地，山珍海味等商品流动性非常好，哪里都能买到，马里兰、纽约、华盛顿、洛杉矶、迈阿密饮食方式几乎都差不多，地方饮食的差异性差不多快被消除了。但美国饮食全球化程度高、历史性强，东方的、西方的、北半球的、南半球的都有。因为美国是移民国家，移民族群将饮食文化及其习惯带到美国，来自不同地方的族群居住区就会有相应的民族风味餐馆。田纳西默村，也是如此。意大利比萨店众多，几乎都是连锁经营，例如 Jet's Pizza、Domino's Pizza、Roma Pizza、Pizza Hut、CICI's Pizza，等等。CICI's Pizza 位于纳什维尔到默村的主干路边，是自助店，对中田大学学生优惠 1 美元/餐，因此，光顾次数比较多。该店比萨种类多，甜的咸的都有，外加有点酸的意大利空心粉、有点辣的酸辣椒以及各种自选蔬菜沙拉，吃得开胃也开心。大多时候我吃三盘，以至于吃两盘时候，大家都会不怀好意地调侃，你今天胃口不佳哦！墨西哥的饭店也很多，Camino Real、Mi Patria Mexican Restaurant、Blue Coast Burrito，等等，无论是饭店装修风格还是味道都重，重口味的咸和重量级的料都带有强烈的西班牙风格，但有一点与中国饭馆的风格非常相似——就是等待时间，不会让你闲着，而是端上一盘烤薯片或者土豆片，免费让你边吃边等，这些薯片不解决饿，只培养饿，以享受随后端来的那大盘Tacos或者Tamales（墨西哥玉米卷）。我喜欢Tacos，因为它卷起来有点像东北的豆腐皮卷青菜，吃起来却像包馅煎饺的味道。亚洲的泰国风味餐馆也多，越南风味的也不少，都兼营中国风味。在默村，中国餐馆有二十来家，China Panda、Panda Express等，多半是华二代或者三代开的，深受美国人喜欢。美国人请中国人吃饭或者中国人请美国人吃饭多数会上这类馆子，但中国人请中国人吃饭一般都不会，因为味道已经美国化了。附近有家Daily Buffet，是福建人开的中式自助餐馆，里面春卷、饺子、馒头味道都很地道，我都喜欢，当然，也喜欢该店的海鲜——蘸点辣椒酱以美国的方式生吃冰海贝。

在美国吃得标准、吃得放心，无论是麦当劳、肯德基还是Subway，都是标准化的饮食，卫生标准、健康标准、工艺标准、质量标准都有严格要求，做出来的食物当然是千篇一律的标准，以防止生病和客户投诉。中国饮食当地材质、当地口味、当地手艺、当地客户，做出了食物地方特色和艺术浓郁，吃得地道、吃得艺术，但千差万别，地方美食旅游市场庞大。标准化的麦当劳与肯德基可以到全世界都去开分店，保证你的胃口待遇在世界都是一样的，美国的肯德基烤鸡腿与中国的肯德基分店的味道没有区别，只是价格有差异。但中国的美食到美国来，哪怕在唐人街，除了价格不一样，味道也变得不一样了，至于食堂餐厅里的中国柜台，味道走样得厉害。标准的东西容易连锁兼容，艺术的东西要买卖双方口味、鉴赏能力旗鼓相当，炒菜的厨师固然要艺术，品尝者食客也必须会欣赏。中田纳西州立大学食堂里有开放式厨房，里面黑眼睛、黑胡子、黑皮肤的厨师在挥汗如雨地炒中国菜，材料都齐备，程序也一样，与中国厨师就差皮肤不一样，与中国菜就差味道不一样，鸡丁不嫩，花生不脆，辣椒倒是足够，我这个湖南人都有点怕。

  色香味俱全，既是对美食的要求，也是对美人的要求。有时候猛地一想，怎么吃饭好像成了寻找知己，美食就像追求美人。只是茫茫世界，知己难寻。什么都吃的舌尖，胃口似乎总是不饱，还在美国寻找属于自己的独特味道。

人机大战

3月的这些天，无论是电视、报纸、网络，无论是中文还是英文，报道铺天盖地而来，评论着谷歌AlphaGo与韩国李世石九段的围棋人机挑战赛。五番棋已经下了三局，AlphaGo——这个会学习的机器人已经击败人类围棋代表李世石，专业人士分析作为人类代表的李世石机会并不多，剩下两局不必报太多希望，算是人类尊严之战吧，最终AlphaGo 4∶1胜李世石九段。十八年前"深蓝"击败卡斯帕罗夫，人们普遍认为，纵横天地间的19路围棋是人类智慧的骄傲，一百年内机器是不可能击败人类围棋顶尖高手的。但是，不到二十年，机器已经成功了。

围棋规则简单，实则繁复。对弈双方，黑白分明，一人一手，交叉落子，19×19的棋盘上，棋子落在哪一个点都可以。各个子都平等，不像象棋各子都有自己的宿命。每子四气，子子相连成为大龙，可以增出很多气，如果没有气，就会死掉。保证不死至少要有两只眼成活或者共活，因为对手的子也放不进去。最终胜负取决于黑白双方各自围住的空地，谁多谁就胜利，围地多少主要决定于子与子之间的配合效率。围棋变化繁复就在于子与子之间配合实在太繁复，即使不算打劫和提掉之后的再入子，也有 19^{19} 的变化可能。要穷极这些变化，人脑不行，电脑可能也不行，因此，围棋存在大量的经验性或者直觉的空间，这种空间以前被认为是人类独有。作为人类直觉和模糊思维的最后智慧堡垒的围棋，就这样轻而易举地被 AlphaGo 攻克，许多人，包括围棋专家，几乎都不敢相信自己的眼睛。

20 世纪 80 年代末，在中日围棋擂台赛的影响下，我也学会了围棋。我下棋计算力一般，算到 8 步以后基本上是晕乎，再算下去可能会像慕容复、段延庆一样走火入魔，因此，下棋凭感觉，棋力并不高，在网络上弈城四段、野狐四段，现实中顶多业余初段水平。围棋给我思考，给我启示，我曾经借助于下棋来检查一段时间的思维盲点，是否太精细或者是否太随意，以避免在生活或者工作中出现类似状态。十五年前，我曾经与电脑软件下棋，骗它脱离主战场，欺负它一把，我这水平都嫌它太幼稚。作为围棋爱好者，以李世石13次世界冠军的水平，赛前认为机器能赢一盘就很棒了，因此人类被机器1∶4击败，我同样很惊奇。

更令人惊奇的还有人机大战中人类代表失败在新闻界的反应。韩国IT专家田石镇质疑"阿尔法围棋"动用数百台电脑对李世石的行棋，此次人机博弈本身就不公平，需要对李世石和整个围棋界道歉，这好像是在找遮羞布。一些专业棋手认为李世石不努力，猜测他为获得100万美元的大奖签署不能打劫的保密规则，这不仅是寻求借口，更有落井下石的恶意成分。AlphaGo作者之一黄士杰博士出面澄清并没有所谓的保密协议，并公开了正在使用的是功能强大的分布式版的AlphaGo，消除了网络谣言，也顺便替李世石九段挡了人身攻击。中国《人民日报》发表评论《思想的尊严只属于人类》非常有高度，认为，在"可测度"的领域内，人工智能的计算能力都将超过人类，在"不可测度"的领域，以数学算法为基础的人工智能就只能望洋兴叹。人工智能会带来颠覆性的影响，世界媒体在这一点上几乎达成共识，智能工厂、智能生产、智能物流都不再是梦想。德国的工业4.0、美国的智能制造、中国的"互联网+"行动计划都在拥抱技术潮流，战略上厘清了科技与社会的问题。美国评论并不亢奋，"人工智能战胜人类"之类的话题三十年前就争论过了，讨论更多的是实用问题，包括哪些社会生活领域可以运用 AlphaGo、Google 公司等相关的科技股股票上扬如何赚钱等。

最令我惊奇的，不是电脑 AlphaGo 击败了李世石，而是 AlphaGo 人工智能研发的迅速，从研发到击败高手，才三年时间。Google 公司的人工智能专家，也是 DeepMind（深思）创始人，哈萨比斯围棋棋力仅仅一级，团队成员黄士杰博士厉害些，也只有业余六段的实力。他们三年前才涉足攻克围棋领域，借助高级数学工具和先进的电脑技术，大败人类世界顶尖棋手，创新速度之快，令人瞠目结舌。围棋国手李喆六段在分析其着手的科学性时，认为 AlphaGo 的作风非常美国化，它的棋并不追求最好，而是追求赢棋，哪怕局部手段稍微亏一点，但最终全局还是胜利的。遵守简单规则，踏踏实实往前走，胜利，其实不需要花哨的招式，所谓大道至简。

20 世纪 50 年代以来，技术的快速发展确实出乎人们意料。科技改变了社会生活的基本规则。以前生活是既定和体验，现在生活是学习和构思，前者是过去导向性的，后者是未来导向性的，没有学习的体验终将是落伍的体验，但是没有体验的学习会是什么的呢？未来就像围棋的下一手，你的学习决定你落子何处、效率如何。哈萨比斯博士和黄士杰博士都是计算机软件工程师，他们棋力不高仅知晓规则，注入给电脑按照规则进行运算的超级力量——社会学习和目标迈进的能力，这种能力与其说是AlphaGo的，还不如说是人类赋予机器具有空间自我识别的能力和开拓能力，是人类智慧对模糊决策环境下的决策算法的超越，使人类处理复杂性问题的能力显著地向前迈进一大步。我认为，这次人机大战可以说是东方的宏观合一思维和西方的微观分析哲学的一次结合。东方思维总是讲究天人合一、一统天下，天才或者圣人似乎是东方智慧的最高追求。韩国围棋二十年来天才辈出，曹薰铉、李昌镐、李世石曾经是中国棋手的三座大山，压制了中国围棋大部分时间。今天我们看到，AlphaGo并非围棋天才，而是智能分析决策程序，将围棋天才打得一败涂地。这世界似乎变成了横向世界，旁敲侧击的力量太强大，横向思维、跨界思维将以前的线性空间和线性思维推向了前所未知的领域，专业化竞争将会越来越遭受多元化的冲击。

惊奇往往是看到出乎意料的结果，好奇则需要寻找近期出现的原因，为什么原创性的技术创新老出现在美国呢？例如汽车流水线生产模式、飞机制造、原子弹实验、航空母舰制造、电脑技术、互联网技术、人工智能，等等。美国人既不三头六臂，也少灯红酒绿，更少见到趾高气扬、到处显摆，人多是老实低调的人，事也是踏实平凡的事，无论是官员还是百姓，都是如此，很像AlphaGo的冷静不动声色。美国生活，开始觉得也是冷冰冰，令人很烦。这也需要预约，那也需要证明,院子没有固定清洁工,公路中间设立的通道很少有人用得上,交叉路口不设立红绿灯只立个STOP牌子,公寓不收现金需要第三方支付,等等,麻烦不少。可是,生活一阵子就会发现,这些规则有其可取之处,考虑比较周全,也很少被破坏,秩序还是不错的。规则四平八稳,未见高招,但就是有效率,这种效率主要来源于避免了破坏规则导致波动出现的机会损失,因为个体的有效率往往导致集体无效率。例如人人都要效率最优地过十字路口,很可能导致交通堵塞,而人人都希望别人上当,最终自己肯定上当。大家好,才是真正好;大家赢,才是真正的聪明。规则肯定会存在必要的成本,只有那些建立良性规则,懂得并遵守规则,并在规则之上展示自己才能的人或组织,才能真正获得成功。没有规则,就没有方圆,这恰是作为天圆地方象征的围棋的最初意义。

美国创新的基本逻辑就是政府完善规则、简化交易成本、避免制度损失,市场则给予创新激励、价值信息,规则平等、自由创新的思维恰恰与围棋规则相符合。与中国渴望天才、赞美天才不一样,美国更鼓励每一位公民创造。其实,每个社会中,真正的天才凤毛麟角,大多数都是平凡的人,俗话说"三个臭皮匠抵上一个诸葛亮",与其要榨干天才的精力和才华,还不如寻求规则发挥每一个凡人的才能。

再说，凡人与天才的差别，肯定没有凡人与仙人之间大，中国的观念天才就是神仙下凡嘛。凡人与仙人之间差的只是一层皮，脱去臭皮囊，就是真神仙。这也意味着，神仙其实就是一种纯粹精神。按照这种逻辑，富有知识的人，几乎就是神仙。只是，神仙怕左手，也怕右手，更怕左右摇摆不定的手，因为那既不是市场看不见的手也不是政府看得见的手，很可能是别有用心的小偷的手。

AlphaGo 在人机对弈时不动声色，冷冰冰地在屏幕中落子，黄士杰博士替它落到棋盘，有人说，这会影响到人类的对局心情。这种观点太矫情。现在网络对弈，哪个不是在与冷冰冰的屏幕相对？技术进步，并未妨碍感情，我对技术进步的感情一直很深。初中我就学了 Computer 这个词，一直到 1995 年才看到了真正的电脑，1999 年上硕士后真正用上了电脑。刚用电脑的那会儿，打字都不会，几乎都是"一阳指"，现在是"六脉神剑"。计算机已经成为学习工作的一部分，生活几乎离不开它，不仅利用它打字、编辑、计算，还能够上网看新闻、查资料、听音乐、看电影、买买书、购购物，节省了不少翻书检索的时间，否则研究工作、家庭事务之外哪有时间听听音乐、看看画展，让灵魂慢下来。文后插栏中两首围棋的词就是我浮生半日闲里偷来的，以围棋为载体借助不地道的文学语言思考人生哲理，哪天与 AlphaGo 对局，我会填第三首。

AlphaGo 进步神速，该有更多美好的事情可期待，要是有台能读懂七情六欲、诗歌梦想的人情机器，该多好！我深深相信这个梦想并不遥远！只是，我却怀疑，工具理性会将人变成工具吗？当那个时代真的来临，不知道人类是否还有诗歌和梦想。

一剪梅·围棋

子落棋枰动风云，阵含杀气，步履薄冰。黑白缠绕乱纷纷，胜负场中，利势之争。

沙场久战识阴晴，断劫求生，后果前因。胸怀大局善权衡，顺时花开，跳脱随心。

念奴娇·围棋

斗转星移，月西坠，清霜幽幽满地。暗影纱窗，人不寐，玉石声声清脆。列戈成阵，风云来去，沙场硝烟起。黑白缠绕，利势之争而已。

江湖纵横千里，锦囊有妙计。银瓶乍破，铁骑突出，豪气盛，寰宇谁能与敌。变幻人生，沧海深几许，棋局可拟。超然物外，自有云霞瑰丽。

文化韵味

前段时间是中国新年,也是世界华人的新年。在全球化、互联网时代,共享不同民族的文化盛宴是一件很方便的事情,中国人享受西方圣诞节的快乐,美国人也欣赏中国春节的商机,连纳什维尔机场都播放中国的春节联欢晚会。咱们过年就是图个热闹——热闹地吃、热闹地喝、热闹地跳,当然还有春节联欢晚会的热闹。1995年中央电视台春晚,采用主会场(北京)+分会场(西安、上海、广州)模式,小品《一个钱包》将西安的古朴、上海的精明和广州的开放的地域文化表现得淋漓尽致,韵味悠长。现在,每年庆祝形式依旧,但除了地方建筑和特色小吃,热闹好像标准化了,韵味却少了点,也许正是人民群众的文化需求、审美情调在不断上升的原因。可是什么是韵味呢?韵,肯定与音乐有关,是满足耳朵的,味主要是满足口鼻的。韵味超越口鼻眼耳转为文化的高级层次,似乎韵比味更难以琢磨。味有一个基本标准,就是盐不能无限放多,而韵似乎永远也不嫌多,只嫌少,"徐娘半老,风韵犹存",如果没有那点韵,老徐娘就不美了,多可惜。

当今时代,价值观可以全球化,文化生活却总是地方化的,韵味则更加地方生活化——北京有京味,湖南有辣味,纽约有创新味。初到美国,当美国人问我来自哪里,我回答"中国"之后,很少有美国人继续问,如果继续问下去,问题往往不是你的工作如何、家乡哪里,而是功夫、辫子之类。这都是那些陈谷子烂芝麻的电影造成的,有时候让我们仿佛穿越回到大清王朝。对于没有去过中国的美国人来说,中国就是一张平平的地图,而不是立体的地方,他们只是从书本、电影的印象来认识地方的文化品格。教堂康妮老师是个例外。她在教室挂了张中国地图,凡是上她课程的学生都要在地图上画一个圈,表明学生的地理来源。我一直没有在地图上画圈,直到年前,因为有新来中国留学生介绍自己来自于中国的甘肃或者湖南,她才想起,问我故乡在哪里。对这个问题,我还愣了一会儿。故乡,实质上是地理的自我心理寻求和归属,缺乏了地理特征的故乡,注定是要被记忆抹去的。记不清楚的地方,能说是故乡?我到地图前,认真地画了四个圈,因为出生在湖南,在西北上硕士,在东北上博士,在广西工作。画完之后,我说这些都是我的故乡,因为有第一故乡、第二故乡、第三……她问我,田纳西如何,我说像是公寓,因为除了环境不一样,其他几乎都一样。她说,在美国,人们的生活方式和态度很不一样,建议我多走走,多看看。确实如此,缺乏面对面的深度接触谈韵味,就好像对食谱谈美味、对地图谈风景。

田纳西主要是平原,山地较少,河流众多,河流流经的两旁都是树,人比树矮很多,而美国的亭台楼阁一般也不往山顶上建,因此,地方的自然地理特征难以总体观察。除了龙卷风和暴雪,田纳西春花秋月与其他地方差不多,需要仔细辨别,记录点点滴滴,才能琢磨出差异。由于公共服务的均等化和汽车交通的普及,美国逆城市化进程较快,城市与乡村实质上没有什么差异。美国城乡喝的都是标准的水,每个龙头的冷水都可以喝;买的是标准的菜,每个超市卖的基本一样;吃的是标准食物,各个麦当劳、比萨店都标准化。建筑方面,田纳西高楼大厦没有纽约多,和马里兰一样几乎都是郊区化。乡村到处都是别墅,别墅基本上都是统一板材、统一布局,功能大抵相同。生活层面、管理层面地方特色并不显著,韵味平淡。但是,如果观察他们的生产活动,那么,可以发现,产业层面特色较强,美国各地产业专业化

指数非常高,地方文化与产业结合紧密,韵味别具一格。

田纳西州的首府纳什维尔有条特色街道百老汇,街道两边大多是田纳西特产商店,虽不如纽约的百老汇有名,特色同样浓厚。街头那只两米高的靴子就是典型。靴子代表着田纳西传统手工艺特色,男靴子、女靴子,马靴、皮靴、跳舞的公主靴,甚至《一千零一夜》中的阿拉伯靴子,各种款式、各种文化风格的,几乎都有,我开玩笑说,就差香港《东成西就》里那只砸破王重阳头的靴子了。

靴子脚踏实地,音乐却绕梁不绝。田纳西是乡村音乐的发源地,纳什维尔被称为音乐之城,空气中似乎都飘荡着灵动的旋律。城市雕塑装饰尽显音乐特色,在百老汇街道入口,矗立着一座旋转的吉他大雕塑,酒店门口、屋顶装饰都有不少乐器,甚至连广场地面上的砖头、路边的垃圾箱都拼出音乐符号。非洲后裔带到美国的爵士乐、蓝调,经过历史的沉淀,《哦,老黑奴》《我的肯塔基,我要对你说再见》那种嚎啕悲哀、黯然无助的情绪逐步得到了解脱，20世纪60年代，田纳西的乡村音乐迅速发展。在继承爵士乐、蓝调的基础上，猫王将乡村音乐的自由情怀和时光感悟推到了前所未有的高度，现在田纳西的影像店还在出售他的歌曲，人们还唱他的经典。百老汇大街上酒吧林立，三步五步就是一家，酒吧里顾客边喝酒、边听歌，歌手则抱着吉他专心唱歌，不理其他。我不喜欢喝酒，只喜欢听唱歌，只是不太好意思不喝酒光听歌，只好这家酒吧听上一两曲，再换一家酒吧继续听，反正那么多酒吧，轮流下来两三个小时已经在不知不觉中度过。记忆最深刻的一次是在一家小酒吧，该歌手嗓音浑厚、情感充沛、爆发力强，实在是优秀，我站在旁边欣赏了半个多小时舍不得离开，其中一曲"Romantic Story from Your Birthday"（《浪漫故事从你生日开始》）深深感动了我。中田纳西州立大学有音乐系，大学校园内经常举办音乐会、音乐节，鼓声叮咚、歌声飘扬不足为奇。作为田纳西文化产业的音乐产业，是在最广泛的生活基础上展开、丰富和革新的。最真的文化的状态其实是生活，也只有经由生活，文化才能传承，才能创新突破，韵味才能绕梁不绝。

中美文化交流越来越多，中田纳西州立大学也不例外，不仅成立有孔子学院，也与国内多所大学建立了交流关系，赴美校际文化交流很频繁。2015年中秋前夜，湖南师范大学到中田纳西州立大学文化演出，节目清单有藏族歌舞、云南孔雀舞、蒙古族鸿雁舞、新疆舞蹈，除了《春江花月夜》可能有点湘味之外，几乎没有湖南特色。其实，湖南花鼓戏国内名气斐然，《刘海砍樵》《补锅》和《打铜锣》还是有点韵味的，至于湘西民歌，无论是侗族、苗族、土家族，都是能歌善舞的，也是可挖掘的文化宝藏。可是，人们总愿意借鉴标准符号，省事、省心还省钱，地域文化虽然特色鲜明，挖掘却不够。我是个湖南人，也是个不合格的侗族人，因为我一句侗话也不会讲，侗族的节日庆典也几乎不过了，但在被漂白的灵魂深处总希望有点特色的文化基因能够被唤醒。

2015年11月，内蒙古代表团来中田纳西州立大学文化表演，这回是真正的蒙古族韵味。草原歌曲、马头琴、蒙古袍、蒙古语，地方特色显著，也不缺少时尚元素（其中一个穿着蒙古袍、梳着海盗式头发的帅小伙演员，一出场就震撼，颜值高低不好说，时尚时髦一眼就看清），可以看出传统文化与现代化并不冲突，而后现代还希望更多的地方文化百花齐放，以打破西方中心主义。不过该晚会有点瑕疵，就是蒙古族的文化表演时，无论主办方还是承办方，都忽视了蒙古语的中英文对照翻译，使得美国人甚至大多数中国留学生理解不了，特色打折，有点失色，因为现场几乎没有人懂蒙古语。在现代影像和翻译技术的支持下，这并不是大问题。与国际接轨不是一句话，而是需要落实在细节，文化交往中细节更显韵味，就像煲汤的火要文火、入汤的料要粉末。

上周中田纳西州立大学成立了中国音乐与文化中心，陈列了不少中国乐器，管乐弦乐都有（其中的青铜编钟尤为引人注目，这种公元前433年就存在的乐器，是古代中国技术和艺术的代表），晚上举行了《华韵之夜》音乐表演。楚国宫廷乐器演奏确实敦厚大气，满是贵族的温文尔雅，听此音乐，仿佛回到岳麓山下的麓山书院闲逛的岁月。后面的表演节目特色显著：扬琴《湘墨》山乡云水、鸟语呢喃，二胡《葡萄熟了》新疆风味，尽显绿洲风情。但是我最喜欢的还是后面的两曲，一是《霸王卸甲》，琵琶铿锵，山崩地裂，英雄穷途，壮怀激烈，不过江东，虽败犹荣。只是这份豪情，只有在琵琶声中寻求，生活中遭受十面埋伏，哪一次都是丢盔弃甲后，养好伤口再前行。人生充满着挫折与失败，重要的其实不是失败本身，而是对待失败的态度。二是《阳关三叠》，渭城朝雨，知己远行，阳关千里，寂寞深深。每一次出发都是告别旧日知己，多少次回首都是慨叹知己难寻，生活是不断地告别和寻找，在鸽楼穷居、路人邻里的现在，再聆听此曲，是多么地感动。天地悠悠，怆然泣下，原来知音是不曾断绝的。更让人感慨的是，这些艺术作品竟然千百年来没有被超越，是古人太经典，还是来者太落后？

每个地方都有特色文化,这种特色绝对不会被地图符号浓缩,而是生活的恣意张扬。一方水土养一方人,本质上说的是这方水土养了独特特征和性格的人。如何使地方文化保存下来,不丧失文化韵味,甚至带动文化特色创新,这是个值得深思的问题。信息时代,只要标准兼容,特色很容易传递、共享并产生经济效益。如果没有多元化的文化思潮,如果没有自在的生活氛围,如果没有先进技术作为保障,如果没有市场力量的牵引,那就只能守着地方化的历史过日子,将地方化的经典供奉在神龛上,过年过节拿下来擦一擦,表明曾经灿烂。至于味道如何,却管不了它,反正尘土味道也古香古色。因此,文化需要与时俱进,与人同行,与技术共舞,才能跟得上时代的口味。

韵味不是摆出来的,也不是拜出来的,不是哄出来的,也不是轰出来的,它是优雅生活状态的自然流露,自由、自在,美丽、魅力。

窗外风动如歌,樱花飘落如雨,没有清茶,喝杯咖啡,也韵味横生!

兔子下蛋

潜伏了一个冬天之后，春风猛地来到了田纳西。霎时樱花怒放，一些洁白像雪，延续着冬日的魅力；一些粉红像霞，开启着早春的梦想。虽然有几片云，有几团阴，有几夜雨，但更多的是阳光明媚。映日的樱花别样美，映月的樱花也别样媚。前几天满月，带孩子院子里跑步，看月色皎洁，跟孩子说我到田纳西七个月了第一次见满月，第一次发现樱花在月色下美的含蓄，无论粉色还是白色一律都素色，美得更有韵味。要说没看到过圆月，不是的，我看到过青藏高原的明月，也看过天涯海角的明月；要说没看过樱花，也不是的，广西大学的樱花开得早，每年都必赏，武汉大学的樱花碰得巧，那年刚好赏。虽然，明月月月有，樱花年年开，赏花赏月能赏出感觉、赏出境界，却不是回回有。这回，良辰美景感谢天，赏心乐事这家院，虽然客居他乡，却是自然的主人，怡然自得，在月下看孩子也很快就到青春年纪，二十多年前自己含苞待放那份清纯的感觉也好像复活了。复活节，也真的快到了。

3月月圆之后的第一个星期天就是复活节，这是西方唯一与月相有关的节日。春天是个生机勃勃的季节，惊蛰春分之后，蛇虫都爬出来了，在美国没看到过蛇，在春雨后倒是看到小手指粗的蚯蚓地上乱爬。复活节，虽然选择在春天的季节举行，但与自然关系似乎并不大，据说最初与古埃及神话中的冥王欧西里斯（Osiris）相关。相传欧西里斯教会人们种植庄稼、酿酒，深受人们爱戴，但被他兄弟赛特嫉妒。赛特先设计将其放进棺材投到尼罗河溺死，造成了尼罗河的洪水灾害，后被欧西里斯的妻子爱西斯和姐妹奈芙蒂斯用魔法救活，但没来得及复仇的欧西里斯又被赛特碎尸十五块，他的妻子又想方设法找到了碎片，弄成木乃伊使之复活并怀孕生下了儿子荷鲁斯。绿色皮肤的他虽然几经折腾屡次借机重生，但总被赛特弄死。后来，荷鲁斯与赛特搏斗，赛特失败被驱逐，欧西里斯也没有复活成人，最终呆在地狱成为冥王专管审判死人的灵魂并决定其归宿，将死者灵魂与真理羽毛（feather of truth）放在天平上比较，重者用来喂阿密特（Ammit）——恶魔吞噬者，轻者则被送往雅鹿得永生或者再生为人。这个传说虽然几近天方夜谭，但是几乎涵盖了复活的所有含义，尤其是身体的或者生理方面。身体整体复活，不足为奇，我老家湘西盛传"赶尸"传说，但身体碎片复活传说较为鲜见，《聊斋志异》偶有读到。现在克隆技术使得无性繁殖成为了可能，部分器官复活移植也成为现实，即便在考据癖面前，荷鲁斯的身份也可经得起考验。

　　和中国传说借尸还魂不一样，欧西里斯是忠于自己身体的，不肯钻进别人的躯体。可见，身体是灵魂的寄宿，灵魂比身体重要，灵魂换了，身体的主人也就换了，就像房契换了主人，房子也就是别人的了。西方过复活节，将埃及神话中灵魂复活进行了内在品质的升华，更多地在乎精神复活。《新约全书》记载耶稣被吊死在十字架上，死后三天身体复活，并带领信徒通往永生。中国传说中，唐僧历劫九九八十一难，无数次在妖精嘴下余生，最终修得不老金身，成了南无旃檀功德佛，也成就了永生。虽然，唐僧、欧西里斯和耶稣三者在人间都历经劫难获得永生，但永生的所在地并不一样：欧西里斯永生在地狱中，生前拿恶棍赛特没有办法，但死后却可以狠狠治理恶魔，惩恶扬善；唐僧永生在天堂，生前受尽了妖精的纠缠，超脱凡尘到了仙境，有天神守门值班，再也不被妖精骚扰；耶稣永生并没有马上选择天国，而是选择在人间传教。永生在人间，并不是省事的选择，与永生的目的也可能相悖，因为永生为的是不再有死去活来的痛苦。人间，看见的多是痛苦，几乎看不见解脱，正是复活演练的最佳场所。如果在人间复活只是为了自在自由或者惩恶扬善，很可能是缘木求鱼、兔子下蛋！

　　复活节传说悲惨沉重，现实也并不自由轻松，美国的复活节现在却热闹非凡。据说在多数西方国家里复活节那天，人们要身穿长袍，手持十字架，打扮成基督教历史人物赤足前进，唱着颂歌欢庆耶稣复活。田纳西这些天，没有听说宗教游行，倒是三四天前政府的官方网站就开始发布复活节的活动地点与项目安排。幼儿园小学最先开始活动，星期三在教室画彩蛋、画兔子，星期四在草坪藏彩蛋、捡彩蛋，星期五中小学直接放假，准备过节。星期六，理查德·圣洁教堂（Richard Siege）旁边举办复活节活动非常隆重，热闹在复活。与中国动则就是万人签名、万人拔河、万人长跑不一样，美国人少地多，在这样一个越野场地上集中几千人过节，规模蔚为壮观。除却投篮、投圈、丢沙包等参与项目奖励彩蛋外，沙堆里也埋了不少，小孩边玩挖沙子边捡彩蛋，大有地雷战排雷的胜利喜悦。最壮观的属于超大橄榄球场上的冲刺抢彩蛋：大家站在场地边缘，按照年龄分组，看着越野车开到对面撒彩蛋，等哨声一响，向着彩蛋狂奔猛抢，抢完回头是岸，多个心眼儿的人，回程途中往往会捡到别人不小心掉落的彩蛋。每回彩蛋中，都有几个金蛋，谁捡到谁就是幸运的人。捡到彩蛋之后，可将彩蛋打开，里面会有小金鱼、贴贴纸、小陀螺等小礼物，礼物自行笑纳，蛋壳再拿到统一处兑换奖品。奖品中兔子玩具最多，小熊、蟒蛇、猴子、小机器人都有，当然也少不了糖果。我陪着孩子跑了十来趟，他没有累，我倒是脚酸酸的，虽然不至于软。身体是铁，灵魂是钢，没有了钢的铁，终究是不锋利的。十八九岁时早晨起来跑两公里的路轻而易举，二十八九岁上高原下平原随便考察随便走，三十八九发现力气大不如以前，老化很快，幸而后来一周锻炼两回，虽然身体不能复活，也不至于老态龙钟。

星期天才真正是复活节，在卢瑟福德北路（N Rutherford）举行庆祝活动，这回最特别的是直升机撒蛋。孩子还是黑压压的一大群，等待着彩蛋从天而降，一看到直升机抛下彩蛋，狂叫狂跳狂捡，完全没了平时说话细声细气、行动有礼有节的绅士淑女模样。捡完飞机撒的彩蛋后，孩子们就围着兔子、羊羔等小动物观看，全然没有了半小时前的那种狂热，就像那些小动物一样温驯。与中国节日都是围绕老一辈和长者展开不同，美国节日几乎都是围绕孩子展开，怎样博得孩子一笑，是重点，或许是我们历史太久、经验丰富，需要后来者传承，而美国历史并不久，提出问题，需要孩子验证和创新。美国复活节其实希望复活快乐的社会基因——快乐的孩子将有幸福的未来。因为复活,应该不是形体复活,而是思维超越。中国《山海经》传说里充满着古怪,三足乌、四脚兽、宁死不屈的填海精卫都不以为奇,牛头马面的地狱狱卒、没头没脑"舞干戚"的刑天、人首蛇身的补天女娲就较为奇特。相比之下,埃及神话的狮身人面像还算中规中矩,阿密特(Ammit)就比较奇怪,长着鳄鱼头、狮子前脚和河马后腿,太阳神拉(Ra)是鹰头人身,拖尔(Taur)有河马的头,看上去人不人鬼不鬼,竟然还是女神。希腊神话中正常人身体顶了个兽头也往往成了神,牛头人身是米诺托(Minotaur),半人半羊是萨提罗斯,半人半马是内萨斯。那些修炼了人头的妖精或者神仙,猜想日子应该不那么难熬,因为人模狗样至少有点人性,那些人身兽头的神仙,应该着实可怜它的人形兽性。这些半人半兽的神仙复活,应该是努力地将整个身体和头脑都变成人吧。其实,人的身体内何尝不是两种精神在作斗争,是作为人还是作为兽,哪个概念在内心复活,就决定了以后生活的善恶。

  复活,还可能是思维的重组。复活节的礼物,无论是巧克力还是玩具,都是兔子和彩蛋。兔子繁殖能力强,春天里发情,会生一窝又一窝的崽。蛋当然是生命开始的象征,中国神话里,盘古开天辟地就是从蛋里面破壳而出的,而鸡生蛋、蛋生鸡就是生命循环的象征。但是当我得知复活节兔子下蛋传说，瞬间思维似乎被电击。兔子下蛋完全摆脱了人兽概念的纠缠，兔子繁殖得快，蛋不会到处滚，两者横向结合，繁殖得快，又能够就地循环，那就变成了纯粹快乐的源泉，难怪大人小孩都喜欢。至于兔子真的能下蛋吗？不重要，重要的是蛋里面要有糖和玩具。更重要的是，横向思维的复活，往往是童心的复活。异想天开不仅仅是神话和传说，更是世界上含苞待放的最神秘思维花朵。没有了异想天开，飞来飞去、日行千里、远距离遥控、预言成真，等等，可能还是云外神仙的法术，而不是你我现实的生活。

复活，并不是复制，复活其实是为了进入更高的一个世界，情感、身体、精神、社会、思维，无论哪一方面的异想天开，都可能开辟出另一个精彩的世界，哪一个层次复活了，就会在那个层次上超越。

复活，在春天里复制异想天开的生活，不全是因为节日！

清明随想

每年春天阴阳互换，阳长阴消，阴晴不定，不仅是痴男怨女的人间四月天，也是人鬼情未了的季节，似乎都是死去活来的日子。阴阳变化实质上是太阳直射点在南北回归线之间变动造成的白天黑夜的轮回，但是，中西方都在白天黑夜的基础上建立了一个阴阳轮回的世界，尽管日心说发现了客观规律，但文化心理惯性却流传至今。在中国，人们清明节怀念自己的祖先；在美国，人们复活节怀念耶稣。无论在中国和美国，祖先和天父，都是在神龛上的灵魂，在各自文化背景下，人们都会不由自主地膜拜和祈祷。两者都是人与灵魂的对话，内涵应该差不多，但也有细微差别：在中国，人们只与自己的先祖对话，后代都是前人的瓜瓞延绵，自然的纽带延伸到了超自然的精神和信仰空间，希望先祖保佑消灾避难、家发人兴；在美国，人们与他们的天父对话，这一天其实与其他日子的祷告并没有太大差异，只是加深对天父的信仰，试图清理人间的惶惑和增进精神的幸福。

偶尔还有一些人怀念一些既不是生理关系也不属灵魂归宿的其他人或者事。例如，很多歌迷会怀念张国荣，顺带怀念王祖贤，因为他们一起谱写的阴阳穿梭的《倩女幽魂》爱情故事令人难以忘怀；两位主角现在阴阳相隔，前者已经驾鹤西去，后者尚在加拿大的人间——美若天仙似乎长生不老。王祖贤主演的鬼或妖，无论是聂小倩还是白蛇都精彩绝伦，将游离于阴阳之间的感觉演绎得淋漓尽致，相对而言，她演的人，哪怕是像妖精的潘金莲，也不特别出彩。中国俗话说"生死由命，富贵在天"，一些人不人鬼不鬼的聂小倩之类，既不由命，也没由天，在正邪之间的无间之道，无枝可依、无处可逃，走着走着就没了。

西方电影中像《倩女幽魂》之类的电影并不多，这并不是说不存在聂小倩们。在美国，枪支和吸毒的灰色地带也是聂小倩们的无间地带。原来住 Campus Crossing 公寓，有天凌晨听见砰砰枪响，几天后的一个傍晚，警车、消防车和救护车齐聚楼下，将一小伙子抓了去。现租住的公寓，有天晚上八点左右，对面高档公寓枪声突起，不一会儿有摩托从公寓旁马路上呼啸而去，第二天才知道有人吸毒火拼。但是，西方表达这类主题的电影并不装神弄鬼,著名的魔幻电影《指环王》似乎是超越版的《蜀山剑侠传》,群魔乱舞、魔界争雄只是现实政治势力角逐的象征,着眼点在权力相争并不是权力欺凌。至于午夜电影主角各种吸血鬼,惊悚恐怖,那是纯粹的妖精,并不让人害怕。万圣节,美国人专门挑选最恐怖的来装扮,更加不怕。人生面临着诸多的不平等,弱者不平等的现实问题就摆在那里,东西方在表现艺术手法有差异。西方电影表达权力欺凌弱者,基本上采用现实主义的电影手法,例如《西西里美丽的传说》《索多玛三十三天》《老无所依》等,中国电影喜欢为弱者穿上一个鬼的外套,西方童话中连皇帝的新装都敢叫穿,弱者用不着鬼装。

中国传统文化中喜欢称骨算命,有人三两四钱命不济,有人四两二钱是凡人,有人五两四钱命中富贵,骨子里都不平等的迷信至今还影响一些人。现实中,并不幽魂的倩女、倩男们拥有一个共同的名字,叫作弱者。莎士比亚慨叹"女人啊,你的名字是弱者",就是慨叹她们的命运由不得自己做主,汤显祖《牡丹亭》中杜丽娘的梦想是"这等花花草草随人恋、生生死死随人愿,便酸酸楚楚无人怨",自由恋爱要用生死来换取,可见无助到了极点。纵观历史,弱者多数是女人,却不仅限于女人,一些男人也是,特别是无钱、无权也无貌的老男人,流行语所谓的"穷矮矬的老咸肉"。弱者的命运是游离的，不仅生前弱，死后也弱，就像是《水浒传》里的武大郎，生时懦弱，死了也没甚分明，遇到了武松的阳气"冷气散了"，不见了人模，连鬼样也看不清，在《潘金莲之前世今生》中因为有了点钱，才装些人模人样。甚至在死去多年后，弱者还是弱者，例如潘金莲被钉在耻辱柱上，武大郎被钉在耻笑柱上，至于财大气粗的西门大官人似乎一直活在羡慕嫉妒中，即便死了，西门庆、树妖、阴阳法王等，换个黄金马甲就可以层出不穷，燕赤霞、武松和包拯等本色英雄却日益难找。中国《易经》很久以前就会准确测度出白天黑夜的阴阳消长，制定二十四节气，但不知为何，好端端的科学理论变味成了占卜工具，而预测王侯将相的麻衣相面，测不出天上何时掉下"黑包公"也很正常。一些人埋怨天上老掉林妹妹，怎么不多掉几个黑包拯，更有人开玩笑，说"黑包公"都掉到美国了。

美国有黑人不假，但绝对不是天上掉下来的，而是罪恶的奴隶贸易结果。来美国之后，看了两部关于黑人的电影，一部是《为奴十二载》，另一部是《被解放的姜戈》。前者讲述的故事是：本来的自由黑人被迫失去自由重新为奴，再获自由之身时除了寻求自由的心还依旧外其他都已面目全非。后者讲述的故事是：奴隶之身突遇"移动法庭"获得解放，再获神枪神技，最后干掉了奴隶主和为虎作伥的奴隶。两部电影殊途同归，都在控诉奴隶制度对弱者的摧残——不仅身体的，更是灵魂的。南北战争之后的美国史差不多都是黑奴成人史。林肯废除奴隶制，马丁·路德·金的"种族平等"梦想逐步成真，黑人公民地位和权利在逐步提高，奥巴马成功竞选总统某种意义上是黑人摆脱政治弱者的象征。作为总统的奥巴马并未借此成为王者，也无力发动民族主义或者种族主义的逆袭，因为权力老虎已经被关进笼子并照耀在阳光下，既不可随便放出来咬人，终日在阳光下也做不了暗事。改变弱者，不是给点面包，而是将权力关进笼子，给百姓每人一把钥匙，以决定什么时候将不同笼子的老虎拉出来遛一遛，因此，笼中恶兽做不了恶就得乖乖行善。即便在这样平等的教育、医疗等福利环境下，也许真的存在四两性命的标准，美国也存在不少人天生阳气太弱，也存在人均收入每天不足三美元的贫困家庭。最近据说联邦政府要减少田纳西贫困家庭的食物救济规则，不仅贫困家庭反对，许多有识之士也反对，理由很简单，弱者需要保障，而不是被政治利用。

中国谚语说"树挪死，人挪活"，挪动了还能活过来的都是强者，弱者一般都是本土固化的，迁移能力低下，弱者被迫流动却是凶险无比，难民都是如此。但是，流动性强的人，虽然主观上被看作强者，客观上却绝对是弱者。如果水土不服，身体欠佳，制度无保障，那更是雪上加霜。杜甫前半生主动求变，后半生被动应变，弱者尽显。唐代宗大历二年（767年），安史之乱已经结束，杜甫年已五十六，因托靠势力严武病逝，只好离开成都草堂乘舟南下，期间病魔缠身，在云安停留几个月后到夔州，生活依然困苦。一天他独自登上白帝城外的高台，登高临眺，百感交集，写了被誉为"七律之冠"的《登高》："风急天高猿啸哀，渚清沙白鸟飞回。无边落木萧萧下，不尽长江滚滚来。万里悲秋常作客，百年多病独登台。艰难苦恨繁霜鬓，潦倒新停浊酒杯。"一些评论说该诗"雄壮高爽，慷慨激越，高浑一气"，我只看见风急鸟回、落叶逝水、悲秋多病、艰难潦倒等弱爆了的心理。

在美国，同样有位诗人惠特曼，在南北战争时期东奔西跑，与杜甫的心境、遭遇完全不同，一路阳光，毫不衰弱，还像野草一样自由生长。诗人从他出生地鲍马诺可出发，游历了美国各州，尽情歌唱。在"Starting from Paumanok"（《从鲍马诺可出发》）中，描绘着当过兵、当过矿工的经历，发现"人性在进军"（marches humanitarian），"我与时俱进"（I stand in my place with my own day here）；在"On Journeys through the States"（《跨越州际的旅行》）中，说"记住，不要害怕，要坦白直率，把肉体和灵魂向四方播撒"（Remember, fear not, be candid, promulge the body and the soul）；在"To the States"（《致联邦》）中说"一旦无条件顺从，将彻底被奴役"（Once unquestioning obedience, once fully enslaved），甚至"再也不能恢复自由"（ever afterward resumes its liberty）。美国是一个流动性很强的社会，用俗话说，哪里有工作，哪里就是家，用惠特曼的诗浪漫一点说，"完全为了撒播更伟大信仰的种子"（solely to drop in the earth the germs of a greater religion）。自由的信仰落实为自由的行动，并不需要老天的保佑，也不依靠贵人施舍，只需要规则的庇护。

　　出国是更长距离的流动，完全进入一个不同的世界，人生地不熟，道听途说多，弱者心态难以避免。虽然明摆的条文知道不少，但潜规则绝对是一知半解的，规则不通之外，更兼语言不通，劣势尽显。如果弱者心态叠加，就几乎寸步难行，而消除弱者心态没有别的途径，只有不断验证规则，不去验证，怎么知道权力是保护弱者不被欺凌还是欺凌弱者？刚到田纳西我就丢了新买的自行车，当时就哀叹运气不好，后来与朋友聊天，他说，丢了东西别怕，打电话911，不一定能够担保找回来，但是可以防止赃物交易，小偷没市场，也就不能兴风作浪。曾经在华盛顿坐地铁出站时，不知道为什么我充值卡上的钱不见了，最初我也是哀叹倒霉，后来找地铁服务站问了个究竟，在有证据的情况下，地铁站人员不仅补给了丢失的钱，还补给了来回跑手续时坐地铁的车费。曾经在洛杉矶机场我丢失了行李，最初也是一头乱麻地着急，冷静下来打电话给机场相关部门确认信息，行李由航空公司的服务人员直接送到家。还有一次，不是在美国而是在中国香港，我乘坐地铁丢了钱包，打电话给地铁公司找回钱包，虽然钱没有了但证件之类的都在，心底还是很感激的。如果这里忍一下，那里缩一点，弱者心态尽显，那么，规则就不会有人相信，被破坏了也不知道。

我爱看神话，却不相信命运，而相信规则！

我爱好艺术，却不相信虚幻，只相信现实！

清明时节，自然生机蓬勃，水仙开了，樱花开了，桃花开了，杏花开了，梧桐花开了，小草绿了，树叶绿了，青山绿了……

清明社会，弱者生机蓬勃，小贩叫了，小店开了，小厂赚了，小事了了，小倩更美了，腰更直了，眼更宽了，钱更多了……

社会良心

昨天从图书馆回公寓的途中,路经伍德芬路的葬礼教堂（Woodfin Funeral Chapels Church）刚好在出殡。送葬的有十多辆车,车内的人黑纱素衣、肃穆凝重,死者为大,过往车辆都自觉停下来等车队过后再走,很有礼貌。令人惊奇的是,警车开道、警车殿后,非常罕见。我猜想死者肯定是个大人物,后上网查阅默弗里斯伯勒新闻的讣告栏,发现死者是寻常百姓,并非大富大贵者,葬礼警车开道和车辆让行也仅是寻常的交通规则。

杨绛先生,中国著名的文学家、翻译家,"洗尽了百年的污秽",前几天"回家了"。据杨绛先生遗嘱"不设灵堂,不举行遗体告别会,不留骨灰",虽然没有警车开道,但是微信上自发的悼念几乎整天刷屏,我想大多数都在真心地悼念，但也有个别可恶者，在信息狂欢的晚宴上，故作反派抬高自己，在先生尸骨未寒时就叫嚣诋毁。我想写写文字纪念一下杨绛先生，但是，不想以狂欢的模式，也不想引经据典，以证实我读过，或者标签我崇拜过。我只是读过先生的书，以前读的是单行本，前年买了套全集。我好读书，多数不是因为考试安排，读书的目的也很少为了出人头地，大多数是为了感悟世界。如果哪本书让自己对世界增进不少感知，悟出了不少道理或者加深了情感，那就是一本好书。如果哪本书，能够让你看了之后回味不绝，再看之后，听出弦外之音，那肯定是经典。杨绛先生的文字平淡如茶水，是生活之必备，但与茶泡一次淡一次不一样，先生的书是读一次味道更进一层。后来忽地发觉，先生的文字其实是水，纯净的水，可以洗去俗世的尘埃，也可以照鉴迷失的良心。

良心，就是良知。良知是非礼勿视、非礼勿动，对应的英语词是conscience——觉醒，是人们对于自己正直与否的内心反映。良心不在于外界规则的约束，而在于个人的觉醒，因此，良心是对正直的觉悟——是根植于内心的正确与否的伦理认知，是个人对自己或者他人行为是否得当的一种价值判断。觉醒在于科学地认知自己的行为，科学认知是建立在足够的信息与充分的逻辑上的，认知能力强的人，往往是富有良心的人。知识分子是人类科学认知的代表，往往也是社会良心的代表，对待知识分子的态度，也往往成为社会良心的判断标准。然而，所谓"人间正道是沧桑"，社会良心总是饱受折磨。西方中世纪大规模的焚书坑儒事件出现过多次，罗马和拜占庭的图书馆历经大火焚烧，中世纪的教堂更是禁止人们的思考，动辄将自由思考的学者打入异教徒行列，处以禁锢乃至火刑。中国历史上，秦始皇焚书坑儒开启了暴力毁灭知识的恶劣先例，宋太祖"杯酒释兵权"比较之下还算是客气，清代无限上纲的"文字狱"与株连九族惩罚相结合几乎打断了知识分子的脊梁。杨绛先生虽不幸经历过剧烈的"文化大革命"运动，但幸运地过来了，并以过来人的亲身经历文字记录了那段"乌云的金边"的日子，她发现，乌云遮不住太阳，无知遮不住良心。

　　良心肯定与良知有关，但并不是识字者的专利，良心存在于每一个人心中，不管是否识字。我老家在乡村，老一点的乡民们大多不识字，平常语言几乎都是柴米油盐，高深一点的词语是"教育"和"出息"，大多数哲学词语他们当然不会讲，几乎都由常识语言代替："幸福"等于"不愁吃穿"，"理性"等于"不犯糊涂"，"知识"等于"认得几个字"，"成就"叫"出人头地"。但是，有个哲学的词他们讲得最多，就是良心，几乎每天都挂在嘴上：与人闲谈的口头禅是"讲良心话"，与人做事要"对得住良心"。但凡有人拌嘴吵架，"良心"两个字必定会反复出现，可以用于诘问，也可用于辩解，倘若辨别不清、举证不明但问心无愧的时候，就会急红了脖子地大声吼"天地良心，天地良心"，此言一出，有如誓言或者咒语，其后吵架都会缓和。对于良心，他们给不出具体的定义，讲良心，就是要对得住天，对得住地，不做没有良心的事情，例如，做错事情就要承认，不能偷偷摸摸贪人便宜，与人争辩要讲事实不能撒谎。如果做不到，大人们会受到其他人的鄙视，小孩子就要挨打屁股。对孩子而言，被打屁股肯定不是光荣的。从小就认为，挨打就是不讲良心的后果，后来才知道，挨打、打人也需讲良心。

良心需要底线，这种底线就是规则，是法律，但良心往往超越法律。莎士比亚写的《罗密欧与朱丽叶》中，罗密欧向卖药人购买毒药时的对白，非常生动地描述了法律与良心的区别：

卖药人：这种致命的毒药我是有的，可是曼多亚法律严禁发卖，发卖的人是要处死刑的。

罗密欧：难道你这样穷苦，还怕死吗？……违反了法律，把这些钱收下吧！

卖药人：我的贫穷答应了你，可是那是违反我的良心的。

罗密欧：我的钱是给你的贫穷，不是给你良心的。

……

罗密欧：这儿是你的钱，那才是害人灵魂的更坏的毒药，在这万恶的世界上，它比你那些不准贩卖的、见不得人的药品更会杀人。

在《罗密欧与朱丽叶》中，卖药人就出现了一次，但非常戏剧化地将贫穷、法律、金钱和良心的关系展示出来，一桩不合法的交易可以躲过法律，一桩不合情理的交易要躲过良心的评判则是非常困难的。违背法律会受到社会责罚，违背良心会受到灵魂煎熬，钱可以解决贫穷，但是不能解决良心困扰，再穷也不能没有良心。因此，做坏事的人昧着良心，不是没有，只是良心被黑暗笼罩着。

良心是道德的基本要素，如果一个社会，盗贼横行，投机倒把，假货盛行，马屁满街，骗子猖獗，那么，这个世风日下的社会一定是斯文扫地的。波爱修斯（Boethius）痛苦地发现：坏人常常发达兴旺，而好人和有德之人在受苦。道德良心其实本来可以为一体，但事实上，道德未必是良心，很可能是说教。大的道德讲得多，小的良心做得少，空的道德谈得多，实的良心做得少，缺乏基本良知的道德往往是空中楼阁，"善小而不为"的结果往往是"积恶难返"。更可恶的可能是，一些道德家傍上权力大款，道貌岸然地总要求他人做道德圣人，没心没肺却别有用心，只是为了自己可随心所欲地占便宜，就如鲁迅先生的《狂人日记》所写的，"歪歪斜斜的每页上都写着'仁义道德'几个字，……满本都写着两个字'吃人'"。灌输的道德表里不一，往往敌不过现实的残酷，教化的规则被人无情抛弃，只剩下利益，甚至是笑贫不笑娼的利益。也许因为，这世道上讲良心不仅赚不了钱还老是挨人欺负；也许因为，康有为们的膝盖依然找不到直立的方向；也许因为，穷得太久了眼中只看见钱或者是闷声大发财的土豪只剩下了钱。良心在哪里，大家都在问。

良心虽然超越法律等社会规则，但良心却依赖于社会规则来维系。如果是一个恶的规则，那么，丧尽天良、灭绝人寰的事情都会出现。在高喊自由民主平等的美国，有一段很不光彩的历史。作为一个移民国家，美国是在劫杀掠夺新大陆的土著居民土地乃至生命的过程中建立国家的，规则的作恶令人发指。从建国起，美国政府命令军队立即向西开进，征剿印第安人就成为它的基本任务，军队成为弱肉强食的执行者。华盛顿印第安博物馆沉重记录了从旧大陆迁移到新大陆的移民（美国人）针对印第安人的大屠杀事件，惨不忍睹：1783年将印第安人和狼等同论，1814年印第安人头皮的奖励制度，1830年的《印第安人迁移法案》，1851年的《拉勒米堡条约》（印第安人称为"长草地条约"），1860年后的《宅地法》。这些条约或明或暗，剥夺印第安人的居住权、人身权等,许多印第安人村庄一夜之间变成鬼域。经过一个多世纪的屠杀,印第安人人口由美国建国初期的大约1000万人到现在的20万人(不包括混血)。这种残酷驱逐印第安人的行动是美国历史上最可耻的污点,罗伯特·雷米尼称这段时期为"美国历史中最令人不快的一章"。令人惊讶的不仅是屠杀本身,而是积极参加和推动这种行动的人很多是当时美国杰出的民主领袖,包括乔治·华盛顿(美国国父)、托马斯·杰斐逊(美国《独立宣言》的主要起草人、"天赋人权"的忠实信徒)、安德鲁·杰克逊(率领美国人打赢第二次美英战争的总统)、亚伯拉罕·林肯(南北战争奴隶制度终结者),这也是令伟人蒙羞的历史败笔。印第安人的悲剧在于,他们不被当作人,被定义为"狼"这种野兽,也被当作畜生一般仇恨和屠杀。社会良心被践踏如尘土。

然而,即便是良知卑微如尘土,但要斩尽杀绝是不可能的,因为星星之火,总会燎原。良心发现总值得期待,无论是浪子回头、立地成佛还是终极审判。良心重建依赖觉醒的有良知的人来推动,对于那些重新点燃社会良心的人,历史会永恒地记住他们,乔治·古斯塔夫·赫耶(George Gustav Heye,1874—1957)就是其中之一。赫耶是一个电气工程专业的毕业生,因为早期获得了一件鹿皮衬衣的奖励,对印第安人的文化和历史产生了浓厚兴趣,在海耶基金会的支持下，发表了报告"The Nacoochee Mound in Georgia"(《佐治亚的纳克荷山岗》)，1908年受命建立海耶博物馆，1916年海耶印第安博物馆基金会在纽约百老汇大街破土动工并于1922年对外开放，1919年创立了印第安杂志 *Indian Notes and Monographs*，全方位介绍印第安人的语言、经济、社会、信仰等历史和现实情况。直到1957年去世，赫耶都在致力于印第安人历史文化的收集、整理，力图澄清人们对印第安人的误解，为印第安人发声。如今，他搜集到的80万件反映印第安人艺术和生活的物品在美国首都华盛顿有了新家，那就是隶属于史密森尼（Smithsonian）学会的美国印第安人国家博物馆（National Museum of the American Indian）。这是世界上最大的美洲印第安人艺术文化物品收藏所，共耗资2.19亿美元，其中联邦政府出资1.19亿美元，民间募集1亿美元。印第安人博物馆按照"我们的世界""我们的人民""我们的生活"的主题进行分类布局，展馆中超过三分之一的展品来自各印第安部落的捐赠，包括首饰、陶器、纺织品、绘画、雕塑、日常用具，等等，是数十个印第安部族与博物馆广泛合作的结果。博物馆四楼的录像一再对人宣称"种族灭绝是不人道主义的"，与国会山里面的黑人奴隶雕塑一样，都在控诉历史的残暴。

文天祥在《正气歌》中说："天地有正气，杂然赋流形。

下则为河岳,上则为日星。"天地有正气,正气在良心。只是良心被关在潘多拉魔盒的底层,老是被强权、暴力所践踏。因此,社会良心建设的关键不在于树立多少道德历史丰碑,而是在于当良心受到践踏时,社会是否存在纠错机制。这种机制运行的必要条件是:首先,允许不同声音的存在;其次,对社会行为有足够而理性的反思;再次,有社会力量能够改进规则。

人生多歧

因孩子 3 月到了美国，忙着办理体检、入学，帮助适应美国节奏和生活方式，花了不少时间。能够给孩子一个认识和比较世界的机会，这忙碌是值得的，因为人生最重要的是选择。世界太大、太精彩，但哪一份精彩属于我呢？选择在哪一个地区、哪一个行业、哪一个位置努力发挥自己才智贡献力量是需要深思的。选择需要大量的信息和经验，如果没有经验只有信息，会出现认识肤浅、不到位或者为虚假信息所迷惑等问题。直接接触会客观了解许多事实和真相，对于正确选择而言，是必要条件，虽然并不充分。因为，中国俗话说"百闻不如一见"，真实肯定不是道听途说，但选择还牵涉到主观价值判断，就如"几回相见，见了还休，争如不见"，那不在于信息是否真实，而是在于情感判断的苦恼。

忙乱一阵子之后，4月12日我才想起，Applegate Apartment 的租期到6月10日结束，回国是8月中旬，需要续租两个月，才能与回国时间大体相符。4月13日，我到租房办公室提出续租，才发现公司并没有给我一份纸质合同，而我又忘记了提前两个月告知的这一细节条款，在这种条件下续租，需要交纳合同违约保证金而且房租将按上涨后的支付，两个月差不多要2800美元。就差两天的时间，费用比正常续约凭空多出了1100美元，想着都难受，懒得再谈下去了。此地不留爷，自有留爷处，一转念，昂首挺胸地走出了大门。有选择就是自由啊，没有选择自由就是镜花水月，因为不管是霸王条款还是王八条款，那都得忍受！

中田纳西州立大学在5月中旬开始放暑假，中小学放假在5月底稍微晚一点，我的研究工作调整一下，也可以在这段时间完成。这样，就不必要呆在田纳西，可以选择其他学校进行短期访学，只要教授在暑假愿意见你。我开始根据熟悉的研究领域，选择一些闻名的教授，给他们写邮件，询问是否在暑假能够有短暂的访问机会。我原本以为暑假里美国教授们应该有较多的时间，选择的机会非常多。但是，恰恰相反，美国教授在暑假里几乎都忙，首先开会，其次度假，再有陪伴家人，愿意在休息时间接受访问拜访者，确实非常少，加上一些时间衔接上的不配套，可选择的就更少。后来在莱利（Larry）教授的帮助下找到了华盛顿特区的乔治华盛顿大学卡拉延尼斯（Carayannis）教授短期访学的机会，该教授是我心仪已久的做异质性与创新管理权威。莱利教授还给我介绍学生网上社区，说有学生在暑假里回国或者实习，会有短期的租房转租。我在网上发布了寻租信息，与招租方进行电话联系。招租学生虽然名字是英文，但大多数都是中国留学生，沟通非常好，不必用蹩脚的英语绕来绕去。前前后后一个星期，很快在华盛顿附近将房子租了下来，一间工作室价格 850 美元 / 月，和我在田纳西两室一厅的价格几乎相同，还算满意。

　　6 月 9 日搭乘飞机从纳什维尔飞往华盛顿，行程有点小插曲。我很奇怪田纳西直飞首都的航班那么少，行程大多要在波士顿中转，可见田纳西与首都之间联系并不紧密。在纳什维尔机场登机后被告知飞机引擎故障不能起飞，大家从机舱走下来，又到了候机厅，安静地等待故障排除。两个小时后被告知，今天本次航班停飞，建议改变航程，大家还是安静地退回行李处取行李、到票务处改航程。我也很安静，因为心底庆幸，这个引擎故障不是飞机起飞后发生。人生会充满各种小插曲，如果这些并未对整体有什么影响，一笑而过就可以了。容忍残缺和不如意并不是没有选择的选择，而是残缺并未妨碍选择，顺其自然吧。相反，如果不能担待或者吹毛求疵，倒是可能节外生枝、走入歧途、引向混乱。报纸上也曾看到过，一些旅客就因为航班延误大发脾气、大闹机场结果还进了警察局。

飞往波士顿的乘客大多改签了其他航班，在波士顿中转的旅客，因为不好协调机票的费用，只有等待飞机修好。航空公司安置了酒店住宿，每人每天补助80美元的伙食费。第二天飞机修好，提前一个小时起飞，航班上就是昨天剩下来的乘客，人少不拥挤，每个人几乎可以睡一条长椅，大家都很平静，倒是乘务员开玩笑说，我们乘客给他留下深刻的绅士和淑女印象。我对他没有多少印象，倒是头天在等待改签和住宿补偿登记期间的一个美国小伙给我印象特别深刻。

等待，在很多时候、很多地方，都是一件特别令人烦心的事情。但是这次，旅客好像司空见惯，一点都不急躁，我排在最后面，无所谓耐心不耐心，反正除了等待也没有什么其他选择。等待改签的时间很长，差不多三个小时，聊天是无聊的时间里最好选择，找排前面的小伙子聊天练习一下口语吧。聊天得知，他要从纳什维尔飞往波士顿，然后飞伦敦再飞鹿特丹，最后到达罗马，说是趁暑假到欧洲历练。这个行程路途遥远，错综复杂，真是"蓬山此去多歧路"。二十三岁的他说话阳光，行为主动，神色老练，说这一切行程都是自己做主，包括网上订购机票、酒店等基本行程和各落脚地的考察对象、机构衔接等工作内容，都是自己对接安排的。这让我感触颇深，相比之下，我二十三岁时很天真很被动，美国、欧洲、非洲只是上课考试的对象，试卷之外从来没有想过，后来知晓有研究生这回事，才决定走出大山，至于去哪里、如何去，其实不很清楚。二十三年后，我做的是与一个二十三岁的美国年轻人大体相同的事情，游历访学、探知世界、充实自我，殊途同归的感觉外，还好像与年轻的我不期而遇。我们第二天在飞机上再相遇，彼此只有一个笑容，到达波士顿机场，他转向国际航线的候机厅，我转乘飞往华盛顿，彼此挥挥手，各有各的路。惊鸿一瞥，没有结局的故事最有悬念，人生的精彩不必一眼望穿。

6月10日下午4点，飞机在一大片水面上缓缓下降，乘客在后舱"眼前无路想回头"，飞行员在前舱却"身后有余'也'缩手"，在看似掉进水底的瞬间降落到华盛顿里根机场。下飞机、取行李、坐地铁，按图索"地"，从里根机场地铁站到阿灵顿地区的波尔斯顿地铁站，下车后坐公共汽车到达租居地。华盛顿特区周边，地铁、公交齐备，比田纳西方便，不用走路了，一直压在心底的交通问题解决了一大半。租屋是地下室，气味不佳、光线暗淡，锅碗瓢盆倒是齐全，除了柴火由燃气炉替代之外，米油盐醋都没有，需外出购物。由于居民点较为稀疏，旁边只有两个小超市，货

少价贵，一打听，有大超市 Safeway 在山顶，两英里以外。先买两捆意大利面条回家对付一顿，自己决定到山顶走一趟，购买些日用品回来。国内买的三星手机与 Google Earth 导航服务不兼容，一运行就死机，在电脑上查看了地图，发现没有公交到那里，只有走路了。走就走，只要记熟了地图，又有何惧，地理学的博士还怕找不到地方？

这是一座小山，纵横分布的道路在山脊线和山腰线上不断交叉和分离，就像一张晾起的立体渔网。想着地图，踏着泥土，选择了山脊的线路，沿着 Google 地图推荐的线路往前走。本以为只需要将比例尺转化为脚步就可以了，但是方向却成问题。田纳西大多是平原，街道都是南北东西直来直去，偶尔一个斜线，也是笔直得出奇。弗吉尼亚这边是山地，两边枫树橡树郁郁葱葱，像极了弗罗斯特《未选择的路》中的场景。"林中道路老是分歧"，一叶障目都不见泰山，何况"岭树重遮千里目"。凭借着记忆中的地图前行，但地图上不标注高度，需要将高度的距离和平地的距离进行比例换算，再结合比例尺计算出实际距离，这不是件容易的事。为了避免失误，碰到路边有美国人的时候，不管他在除草还是在散步，打声招呼，确认一下自己的判断是否失误。好在大方向没有错，小拐弯权当欣赏风景，买回了柴米油盐等必需品。原路返回到家中，孩子们欢呼雀跃，不仅是因为两桶冰激凌，而是五点钟出去的爸爸八点钟回来，他们担心：天快黑了，不会丢了吧？人生地不熟，迷失有可能，我跟他们讲：头脑中有路径，再请旁人指点指点，是不会迷失的。

第二趟到超市的时候，我琢磨着 Google 地图给的应该是机车的路线，于是在一些绕道的地方，凭借双脚的优势在小径中穿插过去，竟然省了不少时间。走第三趟的时候，发现一些地方需要上坡和下坡，拖着拖车下坡倒是很快，上坡就很勉强，决定从山脊线走，发现轻松不少。后来发现山顶树木太少，中午抵不过火辣的大太阳，转而改变为山脊线和山腰线相结合，绕道从租屋的另一侧回家，竟然成功。

走多了，开始总结道路命名的规律，根据规则不断优化自己的行程。美国是汽车国家，每家都有好几辆汽车，道路密集如蛛网，直接通到各家各户，命名有意思也有规律。例如从波尔斯顿地铁站到租屋经过华盛顿大道，与其相连接的道路是肯塔基、阿拉斯加等五十个州的名称，各支线则以第一大道、第二大道等命名。纽约曼哈顿的道路就更加有规律，南北方向大道（avenue）、东西方向大街（street），而且多为数字化的，第五大道、第三十四街等。只有那些拐弯抹角的道路，才用另外命名，例如华尔街、格兰特街等。美国历史较短，可使用历史符号比较少，州名、人名、道路名相同的多，乔治·华盛顿是美国国父，以他命名的雕塑不计其数，大学大楼也不少，街道也很多，华盛顿可以是首都特区，也可以是华盛顿州，可以是华盛顿郡，也可以是华盛顿街，需要非常仔细地判断这些地名在哪一个空间尺度上有效。可是，一旦你推测出道路命名的规律，那么，你要找的路径就会比较清晰。相比之下，中国的地名远较美国的地名丰富，历史文化底蕴也极为深厚，要寻找中国地名之间的含义及其规律非得了解地方历史不可。不过，再复杂的道路、再复杂的历史，只要解读出了演化规律，都是可以判断路的指向、路的关系。

　　自然地理意义上的路，依赖于客观信息和规律，只要信息足够都会找到具体的地点，选择其实并不困难，但是人生或者社会的路，却并不容易找到正确的方向。因为除了信息和规律外，还牵涉到价值判断。地理和历史提供给我们海量信息，这些既定的信息，我们并不能选择，却是我们选择的基础，如果信息不充分，选择的基础就不牢固。但即便信息充分，要在海量信息中总结出规律，揭示影响道路的关键因素，也极为不易：从柏拉图的《理想国》到罗尔斯的《正义论》，从牛顿的万有引力到爱因斯坦的相对论，从供需平衡理论到创新理论，都在试图寻找和证明这个世界的客观自然和社会发展的规律。知晓规则、运用规律也不轻松，社会实践不仅需要人了解规律、设计路径，更需要人进行价值判断，由于价值判断出现偏差，走入歧路是很容易的。《宋氏王朝》中，宋氏三姐妹的价值判断就大相径庭：一个爱钱、一个爱钱权、一个爱国，价值观的不同，导致了同胞姐妹的分道扬镳，竟然在有生之年都不再相见。殊途何处同归？这是多么令人扼腕叹息的家国歧路。

每个人的选择都将变为历史，当然不是每个人的选择都能改变历史。我是小人物，但绝对不是小人，不会像歌德诗中的那只站在时代车轮上的苍蝇，说自己推动了时代进步。然而，我对于自己的选择，无论是南北求学、职业选择、家庭构建、个人发展，虽然历经艰险、寂寞深深，从未后悔。因为，对于自己而言，每一次的选择，都会扩大对世界历史和地理的视野、深化规律的理解、坚定人生的价值，对于他人而言，从未有过对他人利益、机会的妨碍，只会增进知识的扩散和良知的普及。

The Road Not Taken

Robert Frost

Two roads diverged in a yellow wood,
And sorry I could not travel both
And be one traveler, long I stood
And looked down one as far as I could
To where it bent in the undergrown.

Then took the other, as just as fair,
And having perhaps the better claim,
Because it was grassy and wanted wear;
Though as for that the passing there
Had worn them really about the same.

And both that morning equally lay
In leaves no step had trodden black
Oh, I kept the first for another day!
Yet knowing how way leads on to way,
I doubted if I should even come back.

未选择的路

罗伯特·弗罗斯特

黄叶林中两路分歧
遗憾只能选择其一
过客的我孑然独立
对着一条极目望去
直到它尽头依稀

另一选择也公平合理
或许会有更好意义
绿草如茵乃我所喜
尽管道路历经踩踏
确实都是斑驳陆离

清晨两路都在眼前
落叶缤纷杳无人迹
哦,那条留待他日再试
虽已明白歧路更歧
何日能归又疑心底

I shall be telling this with a sigh
Somewhere ages and ages hence:
Two roads diverged in a wood, and I—
I took the one less traveled by,
And that has made all the difference.

述说这些只一声叹息
年复一年都须面对
林中道路老是分歧
那天我选择的幽径
造就了今天所有差异

艺无止境

虽然我喜欢也同意瓦尔特·S.兰德（Walter S. Landor）的"我爱大自然，其次就是艺术"，但在美国，我爱艺术好像胜过爱大自然。我绝大部分时间在图书馆度过，图书馆有很多书籍和资料，专业书籍论文是必须看的，看多了这个数据那个模型之后，往往头脑发胀，不甚灵光。因此，很多时候打开音乐，戴个耳机，听听田纳西乡村音乐，洗洗脑，再回头看文献。但欣赏艺术与做学问不一样，无论音乐还是美术，听着看着就会入迷，岁月真的如歌，艺术容易让人记住情感、忘记时间。相比于图书馆，博物馆更是艺术展品的集中地，是全方位表现文化的场所。美国几乎每个镇都有自己的博物馆，参观博物馆是美国孩子教育的重要部分，了解历史，培养艺术爱好，生活可以更美好、更充实。

美国博物馆众多，华盛顿更是代表，其中有许多博物馆是史密森尼学会资助建设的，除了圣诞节之外每天都免费对外开放，也有少数博物馆例如间谍博物馆，属于私人经营，收取门票。国家航天航空博物馆、国家自然博物馆、国家艺术馆、非洲艺术馆、印第安人博物馆非常精彩，游客们耳熟得多，能详得少。因为华盛顿博物馆众多，游客在此停留时间有限，仅仅两天左右，走马观花参观这些博物馆，看到好、摆姿势、拍个照是参团旅游者的标准动作。我不知道囫囵吞是不是能够尝到枣味，因为猪八戒对人参果的味道就不甚明了。为了避免时间匆匆、食而不知其味，我在华盛顿一个月中，除了访问访学事宜之外，只要有时间，就带孩子参观博物馆，既学习又审美。

美国国家航天航空博物馆是最火爆的博物馆，每月接待参观者在十万人次以上。各展厅陈列的各类飞机、火箭、导弹、宇宙飞船、航空母舰及著名飞行员、宇航员用过的器物，绝大多数都是珍贵的原物或备用的实物。馆内随意拍照，一点也不在乎技术被人学习，因为这些技术是成熟技术。除了挂有"请勿动手"标识牌的展品之外，观众都可以自己动手摸摸或者操作。结合孩子的兴趣，许多参与性的特别项目设计的非常专业，让基本原理从书本中走到具体场所，活动既简单又明了还特别好玩，很吸引孩子。可能由于语言问题与文化习惯，一些到美国旅行的中国孩子喜欢看其他孩子玩耍，自己有心，但是不敢尝试。孩子想得太多、太复杂，总瞻前顾后，玩耍都缺乏效率。我的孩子最初也这样：

"这个能玩吗？那个能吗？"

"都能。"

"玩坏了，怎么办？"

"没关系，结实的。"

"不结实，玩坏了，要赔吗？"

"不结实，是他们的产品不行，与我们并不相干。"

"但是……"

"你真想玩，就玩吧，别想太多。"

"万一……"

"想玩，马上开始，不用再问。"

行动是最好的知识吸收器和消化器。后来我一般在介绍了基本原理和如何操作之后，就让孩子自行玩耍，我则观察他们玩耍。孩子一开始玩就收不住，花了五天才将美国国家航天航空博物馆二十四个展厅参观完毕。在边玩边学中，孩子记住了光、热、电等的物理基本原理，明白了火箭上天、探月工程等过程，模拟发射了自己命名的卫星到国际航天站，惊讶于"朱诺号"的火星探测技术的高级，初步形成了宇宙无穷、技术进步无限的思想。孩子兴趣盎然地说："哇，宇宙好大，好奇妙。"其实，技术只是提供了我们认识世界的工具，兴趣则是探索世界的真正起点，是技术创新的来源。

美国国家艺术博物馆收藏和展览了从中世纪、文艺复兴到现代的西欧和美国艺术家的四万余件艺术品，大多数都是世界美术教材中的经典。教科书上基本都有这些经典的微缩版照片，面对真品，你会喜出望外，就像凭借照片去相亲，发现对象比照片中更美、更有韵味。罗丹《思想者》带你进入哲学思考，《青铜时代》似乎是理想幻灭而挣扎的人生，而埃德加·德加（Edgar Degas）《十四岁的小舞者》（Little Dancer Aged Fourteen）的女孩带你进入倔强的自信；拉斐尔《圣母图》中圣母的眼光无论到哪里都慈祥地看着你；莫奈《打阳伞的女人》面纱后的美欲说还休，脚下青草青翠欲滴；《埃米尔的所爱》（Favorite of the Emir）遥居深宫寂寞无助，美是唯一。康斯坦丁的巨幅风景画太美，很想变成其中的一棵树；塞尚的作品巫术般神秘，想逃离却又被深深吸引；毕加索表现的世界仿佛时间空间分离却相互牵扯。这些艺术大师作品展示的世界赋予世界韵味，你熟悉你也想要，他们超然于这个世界的格调，你想要却只能从他们那里寻找。这就是天才，从尘土中发现金子，从平庸中提炼美丽，从束缚中跳出自由。诸多大师中，我特别喜欢激情燃烧的梵高，虽然没有看到《向日葵》，但是有《玫瑰》《麦田》《自画像》等作品，足够狂喜。梵高虽为大师，却无知己，在有生之年充斥着别人的不解、误解和曲解，更充斥着自己的贫穷、苦闷和寂寞。前不见古人，后不见来者。试想，要有多少的狂热才能将这冰冷的世界点燃？要有多少狂热，才能将这无穷的寂寞化为灰烬？为此，我写了首新诗《燃烧的玫瑰》，我欣赏到的《玫瑰》是爱的疯癫。梵高的狂热烧穿了时间隧道，现在其作品拍卖价格动辄就千万美金，我不知道购买者是否买到了他的狂热或者他对这个世界的爱。缺乏爱，我们可能会成为野兽，爱得不够狂热，我们成为凡人，是爱，是狂热的爱，创造了美和新奇，塑造了大师。但是，我们的世界，能容纳得下梵高吗？能容纳得下他炙热的爱吗？能容纳得下他异想天开的狂热吗？

美国历史博物馆展示了移民到达美洲大陆后艰苦创业及其日常生活、技术创新的里程记录碑、移民融合、国家统一等历史进程，其中，大书特书的是美国工业化成就及其制度变迁。一楼展示了美国在交通运输、电话电信、纺织医药、电子信息等技术创新领域如春笋破土而出并蓬勃发展的历史，爱迪生、斯特拉、福特等发明家、工业巨匠的名字刻在历史上是不朽的。二楼展示的是美国的政治制度、选举制度、美国总统、第一夫人等情况，不仅包括这些总统的照片服饰、白宫逸事,还展示了许多对总统尖锐讽刺的漫画,孩子们看了哈哈大笑,大人们往往会心一笑。三楼的战争历史展则让人沉重,两次世界大战更是惨痛,唯一的一点笑声来自于孩子看迪士尼动画片唐老鸭参加第二次世界大战打击希特勒的时候。南北战争之后美国本土再没有大规模的武装冲突,这种和平是多么地令人羡慕。建立在投票基础上的社会谈判与契约机制似乎没什么谈不成,权力分散在政界、知识界、工业界、新闻界,也没有哪一股可以通吃。因此,社会各阶层、个人,心无旁骛地做自己的事情,技术不就是熟能生巧、巧能出新吗?美国发明家或者艺术家应该是幸运的,作品在知识产权保护下,他们衣食无忧,自由创作。假设梵高生活在现在的美国,哪怕一幅画卖不出去,救济保障也是肯定有的。

华盛顿诸多建筑,国会山与林肯纪念馆差不多高,方尖碑最高。白宫虽然是行政权力所在地,既不高大,也不堂皇。富丽堂皇、面积巨大的建筑是国会山后的美国国会图书馆。美国国会图书馆建于1800年,是美国历史最悠久的联邦文化机构,各类收藏超过一亿项,现已经成为世界上最大的知识宝库之一。主体建筑包括杰斐逊大楼、亚当斯大楼和麦迪逊大楼,其中杰斐逊大楼金碧辉煌,比中国故宫的太和殿还亮堂,大理石柱象征文明生活与思索,走廊中耸立着八位智慧女神的雕像，壁画、镶嵌和雕刻精工细琢，比故宫的雕塑多了几分理性和科学。杰斐逊总统是国会图书馆真正的创始人，现在有专门的杰斐逊捐赠书籍的陈列室，但是更辉煌的贡献在于他的知识理念——民主来源于知识，知识是艺术的根基。作为美国立法者的国会议员需要掌握和查询知识，作为美国的大众也需要掌握知识，无论是生活的还是专业的，创新只有建立在专业的知识基础上才具有真正动力。进入知识经济时代后，美国人认识到更需要知识，因为如果没有普罗大众的知识普及和良知维系，当政治精英遭遇流氓无赖的纠缠，还真不知鹿死谁手。

为了提高普罗大众的文化艺术水平，各州、郡、县都建立了规模不同、各具特色的图书馆和博物馆。但光有这些图书馆、博物馆还不够，因为文化和艺术不仅是历史遗存，还需要现实创造。美国众多的社区活动，成为艺术家现场创作、扩大地区文化交流和商品交易的盛会，是"活文化"的展示台。美国国庆期间，华盛顿艺术馆前面草坪上就搭建了一些临时展厅，全方位展示巴塔格尼亚在作物种植、伐木造船、打铁锻造、草裙舞蹈、宗教崇拜等方面的文化艺术。此外，加利福尼亚的民歌、太平洋岛屿的美食，都在此期间登场献礼。不仅首都这样，美国的乡村也是如此，文化搭台艺术唱戏的盛会每年都有，市场容量也相当不错。例如，默弗里斯伯勒每年都会举行三五次艺术活动，每次盛会都人潮如涌，找停车位特别难，我骑自行车去，反而占了便宜，随处往哪草地上一放，就可以直奔主题去欣赏艺术。今年四月在卡农斯伯格（Cannonsburg）举行的文化节中，我驻足于两幅《鸢尾花》作品前，主色调一朵蓝色、一朵红色，蓝色忧郁，红色奔放，一冷一热，非常和谐如情侣。旁边一位老太太正在作画，我向她表达了我的惊讶，她向我也表达了她的惊讶——说我一眼就看穿了色彩的情感关系。我看她正在作线条之间的非平行构图，类似船帆类的波普艺术，就说"您是否想作一幅描述人类的迷失在海上无边际空间的画作？"她惊讶于我猜谜的能力，忙问我是否也是画家，我说不会画，只会欣赏。就这样闲聊二十多分钟后，她让我从展台上的画作中免费挑选一幅，推辞了一下，还是选了最喜欢的一幅风景画。当时我身上没备有礼物，就问什么时候能够再相见，以便礼尚往来，她说二十天后在布兰德里小学举办艺术展，可以再见。原来，默村绘画艺术家组织就在布兰德里小学。那天展示的文化艺术作品各具特色，传承了中国、印度、非洲、澳大利亚、南美洲等国的艺术精髓，是世界移民的"美二代"或者"美N代"所作（因为展品作者的年龄范围较宽，从五岁到七十岁以上），他们享受了美国的制度，传承了民族的文化。欣赏作品的时候，相当惊讶于一些小学生作品就具备了世界视野和自由表达的能力，忽然明白，素质教育的终极目的是培养一个自由、敏锐、健全的心灵，而不是操纵画笔的机器。

我在网络上的自我介绍是这样的：我原来是一只毛毛虫，现在也不是蝴蝶；曾经想做诗人，现在还是个俗人；会下围棋，经常被屠大龙；曾经想做歌手，现在唱得催眠。为什么想做那么多，却都没有做好，其实是因为想得太多，热情不够，缺乏渠道，最根本的是，我并没有找到这些爱好赋予我的自由。现在，我终于在阅读中找到了兴趣，在研究中有了中度的痴迷，在社会工作中找到了发力点，但成绩有限，原因只能是爱得不够狂热，尚未能驾驭自由。

梵高说："我总是全力以赴地画画，因为我的最大愿望是创造美的作品。本世纪最伟大与最优秀的人，总是顽强地工作，总是以个人主动创造精神工作。"艺无止境，爱无止境，爱到哪层，艺到哪境，无悔只是爱的起点，无我应该是爱的终点。

燃烧的玫瑰

静静的午后绝望般无聊
风儿动摇着瘦细的双脚
寂寞焦灼着饥渴的灵魂
一无所有,空空的怀抱
梦想、希望似乎早已离去,
翻腾胃液里没有一屑面包。
行将就木的躯体
重生的奇迹,渴望
一份彻底的燃烧。

灿烂的金盏花在炫耀傍上的权贵
柔弱的雏菊遭人践踏只会哭泣
美丽的水仙在密林中只顾自我唠叨
路人,来之熙熙,去之悄悄,
没人能读懂我的荆棘、我的骄傲。
孤独火焰四处飘摇,
泥沼无数、无数的泥沼……

消灭存在意义,只需
一场枯黄的燃烧。

阳光浓烈,火药的味道
自由的血液在加速奔跑
寸寸肌肤都在崩裂
每一个细胞都在鲜红地呐喊,
为了怒放的生命,
自由,来吧,
给我眼神,给我理解,给我拥抱……
给我——引爆!
无悔地燃烧!

登斯楼也

默弗里斯伯勒房子不高。市政府比会同老家镇政府的楼都矮,既没有宽阔广场,也没有假山湖泊,不怎么威风。别墅和公寓基本上都是砖木结构的两三层楼的房子,和我会同老家的房子高度基本一样。孩子说,如果默村有鸡鸭牛羊而爷爷家有电脑网线,两者就差不多了。Region Bank 九层楼,孤独地坐落在山顶,我从未动过"登斯楼也"的念头,我在南宁住的是三十层楼中的九楼。田纳西的首府纳什维尔有三十多层的高楼,但也就是 AT&T(美国电信)、Bank of America(美国银行)、Sheraton(喜来登)等那么十来栋办公楼。最高处州议会在山顶,比它们都高。站在州议会,可以俯瞰全城,前有法院,后有图书馆,左有政府行政机构,远处的坎伯兰河绕城而过。

美国城市建设摊大饼的模式比较盛行，以原来的旧城为核心向外扩张，老城区新建的建筑相对较少，纳什维尔是这样，洛杉矶也如此。现在洛杉矶的高楼与1984年奥运会的宣传片相比，几乎没有大的变化。相比之下，中国的城市面貌三十年来发生了根本性的变化，上海外滩已经和纽约差不多了，南宁也见证了城市化惊人的速度，高楼拔地而起，二三十层的高楼鳞次栉比，数不胜数。南宁地王——国际商会中心超过了200米，而在建超过200米的就有十来座，628米的天龙财富中心已开工。美国农用地比较集中而且大规模化，50亩以下的土地基本上是非农用地，城市扩张摊大饼无需考虑土地变性，而中国农用地和非农用地的属性变化蕴含着价值差别，土地变性意味着价值转移。在限定的土地上，更高的容积率成为首选，这可能是中国摩天大楼崛起的资源原因。

当初摩天大楼建设确实是为了解决人多地少的问题，纽约是典型。最初，荷兰殖民者在哈德逊河口建立殖民据点，后来"自由岛"的理念广泛传播，使得爱尔兰人、非洲人、南部穷白人、西部华人，等等，都怀揣梦想大量迁入，人口急剧增加。1900年左右曼哈顿区、皇后区、布鲁克林区、布朗克斯区和思德藤岛合并，总称纽约，成为英国在北美的军事和政治中心以及南部脱逃奴隶的庇护所。曼哈顿岛东西窄、南北长，面积小（仅57.91平方公里），人口密集（25 846人每平方公里），比任何一个美国城市人口密度都要大，如果没有高楼，这些人的居住和工作都会成为严重的问题。一到曼哈顿，马上就体会到了纽约与华盛顿的恬淡、高雅很不一样的都市氛围：街道车水马龙，行人摩肩接踵，摩天大楼巍然耸立，天际线曲折有边，座座高楼将蓝天切割，太阳仅仅在小块的蓝天上露露脸，人在街上也可以不向太阳露露脸。我住在宾夕法尼亚酒店六楼房间，借助于对面高楼的玻璃反射，只有早晨在八点至九点有一个小时左右的阳光。中央公园游玩时，大口呼吸清新空气，尽情挥洒整个儿阳光，深刻体会到，遮天蔽日的城市森林毕竟不同于自然森林。

当华灯初上、夜色降临，纽约的高楼就显示出了自己的魅力。一座座高楼像修长的少女，闪烁的霓虹灯，像是身上挂满的夜明珠，时明时灭，上下流动，有如"霓裳曳广带，飘拂升天行"。曾经位居世界第一的帝国大厦是著名的摩天大楼，孩子在《揭秘名建筑》的绘画本书中已经读过、见过并翻页看过，大体了解建筑的历史、功能和特色。这回帝国大厦与住宿地仅一街之隔，站在地面仰望惊讶于它的高大，希望能够登楼远眺纽约景色。

次日早晨，帝国大厦楼前的观光长队排到第五大道上，还折了两个圈。参观者来源不同、民族各异，是个排长龙的"联合国"代表队，看来，登高览胜是普世心理。队伍中，有西装革履的欧美人，有戴白帽子的阿拉伯人，也有脸色黝黑胡子翘翘的南美人，几个大汉络腮胡子配上红鼻头看上去像俄罗斯人，黄皮肤的多半是亚洲人，其中多半是中国人。看到队伍太长，决定下午人少时登楼，顺便在就近的第五大道上欣赏流行的服饰、创意的思想。有间圣诞礼品店可以说是第五大道全球化的代表，商品设计的理念都是围绕圣诞快乐展开，出售圣诞老人的帽子、衣服、鞋子、袜子、马车、小鹿等节日文化用品，这些倒是寻常，但是适应全球客户能力却超强，每一类别都有三五十种风格的商品陈列在柜台，不仅用品材质不一样，大小规格各异，文化点缀也别有韵味，供来自世界各地的游客选择。第五大道奢侈品店进进出出的人总是那么多，都说是"佛要金装，人要衣装"，但不论怎么珠光宝气，也遮不住有些人随便咳嗽、大声喧哗、蛮横满脸的俗气，个人高雅与名牌之间并不一定联系紧密。与周边的高楼相比较，第五大道上有两栋建筑——龟趴的纽约图书馆和不高的帕特里克大教堂，物理高度尽显矮小，却别有风骨。

下午回来经过帝国大厦，还是长龙，决定晚上再去观看。晚饭后，闲着没事，琢磨着人们登高的目的意义。除了观看风景，西方人登高很多是挑战自己，而中国人登高很多是抒发自己——文人往往因为清高，所以登高，登高也许仅仅是显示清高。高楼入云，高山离尘，清风徐来，俗热尽去，高楼、高山往往是理想的寄托地，登高畅怀更是重心。诸如王之涣的《登鹳雀楼》"欲穷千里目，更上一层楼"内心抱负的诗极少，如王勃"千里逢迎，高朋满座"，"今兹捧袂，喜托龙门"（《滕王阁序》）有朋友把酒言欢登楼望远赏心悦事的也少，大多数登楼都是为了消除忧愁的，如王粲"登兹楼以四望兮，聊暇日以销忧"（《登楼赋》），李后主"无言独上西楼"发现"剪不断，理还乱，是离愁"（《相见欢》），辛弃疾"欲上高楼去避愁，愁还随我上高楼"（《鹧鸪天》），"把吴钩看了，栏杆拍遍，无人会，登临意"（《水龙吟》）。如果将高楼作为理想与凡俗的对照物，登楼自问理想究竟实现了几许，则几乎都是愁肠百结，不仅因为理想太丰满，现实太骨感，现实总是赶不上理想，而且还害怕理想破灭后，会被楼底的人讥笑"登高必跌重"。

晚上八点半再到帝国大厦，心中大喜，因为不仅第五大道上没有人，一楼大厅几乎没有人，坐电梯到2楼，也不如传说中的拥挤。耐心地排队等候，以为很快就会登楼远眺，进入2楼里面大厅，才发现，满满一厅的人，摩肩接踵，只能望前人项背，步如蜗行，也没留下黏着的痕迹。两个半小时后终于到达电梯口,这回快,坐电梯一分钟就从2楼到了80楼。冲出电梯的人们,开始占据窗口,照相机咔咔,镁光灯闪闪,隔着玻璃照,不尽如人意。管理员告诉大家大可不必这么着急,86楼是开放式的,可以毫无遮拦地欣赏和拍照。大家一窝蜂走向电梯,但电梯空间有限,等候的人太多。想着六层不打紧,可以舒筋展骨,顺便找点乐趣,决定登斯楼也。

江南三大名楼"岳阳楼""黄鹤楼""滕王阁",我在二十岁左右都登临过,江湖之边孑然矗立一座五六十米的高楼(岳阳楼25米多),登临时看江湖浩渺、云水相映,景致确实不同凡响。但是,帝国大厦的楼梯都在里面,看不见风景,每一层楼梯还分了AB两部分,名义6层实际上12层楼,这状况缓和了攀登却焦急了心情。到了86层,急忙走到开放露台。高楼风力强劲,高处确实不胜寒,幸好是夏天,只增爽快。登楼人众,只有瞄着哪有空缺、赶忙占据,以拍摄一览无余的相片。站在帝国大厦上看,灯火通明的曼哈顿,就像一沙盘,竖立着世界上最多的摩天大楼。低于200米以下的楼层几乎泯然众人矣,只有洛克菲勒大楼、克莱斯勒、世贸大厦这些顶尖级的大楼,在暗夜的江湖里孑然独立,惺惺相望,各有千秋。在高手的眼中,只有高手,终于明白中国古诗中登高的寂寞,试想岳阳楼、滕王阁等高楼上看千帆过尽而无知己相对，想必也满是孤单——高标傲世却几乎被相忘于江湖。

林立的高楼之间街道通明，百老汇的街灯格外炫目，一直延伸到黝黑的海湾，海湾之外，黝黑的大西洋与夜色合而为一。哈德逊河口岸边的灯光画出湾线，水中渔船点点，天空星星点点，自由女神的火炬虽不及布鲁克林大桥灯光的烂漫，却总是在抓游客的眼。常听到游客说"哪里"，"那里"，"看到了吗"，"哦，一点点"。暗夜里的光明，一点就足够，驱逐人心里的黑暗，可能一个词就足够。以前登楼基本是学习他人的抱负，体验古人的情感，渺小自己的行踪，有时认为，名楼名楼，有名人了就有名楼。其实，名人不在乎楼的高度，而在乎思维的高度，而他们叹息的，往往因为思维有高度但实践没有相应的深度。相比之下，纽约的高楼不仅有思维高度，也有实践深度，这些楼不是用来观光炫耀，更不是用来高楼叹息，而是功能齐备的现代组织场所，高效地运转着一些全球化组织。夜色中桂冠闪闪的克莱斯勒大厦现在是阿联酋的阿布扎比投资委员会办公场所，帝国大厦也是世界文化遗产基金会、人权观察组织、美国人权基金会、中国航空等组织的办公场所，世贸大厦中有全球化的运输公司、通信机构、银行、保险公司、海关等机构，洛克菲勒大楼就是洛克菲勒公司的总部所在。此外，这些高楼还是电影、摄影、录像、游戏、艺术、广告、音乐、文学甚至时装的宠儿,例如,在帝国大厦拍摄的电影《金刚》里有只猩猩,很恐怖,现实中帝国大厦像只猩猩,很受欢迎。

帝国大厦上俯瞰曼哈顿,可看到的是楼层高度,看不见的是产业创新高度。曼哈顿是跨国公司、垄断资本的大本营,也是银行、金融、证券、期货等机构的集中地,华尔街的金融、百老汇的剧院、时代广场的创意广告、第五大道的品牌,都是该领域的世界高手甚至执牛耳者。例如华尔街确实牛,不到500米的地方就集中了包含纽约证券交易所在内的近3000家机构或者组织,这里的一举一动都牵动着世界金融的神经。资本支持创意,制度保护创业,每天都在积累新的要素,创新引领新高度,这样的繁荣才是持续的。

登斯楼也,没有"去国怀乡,忧谗畏讥"。高楼望断,只见高手,不见凡俗。登楼远眺,不必叹息,只需学习——学习高楼之外的高,因为楼再高,也高不过人类的创意和思想!

归去来兮

纽约、波士顿回来后,来不及休息,忙于整理行李、杂物入箱、资料拍照,准备回国。写信给老师、给朋友,告知即将归去,有约吃饭,大多推辞,因为"黯然销魂者,唯别而已",离别的筵席上愁绪总是主人。看到大大小小的箱子,想起长长短短的日子,收拾心情比收拾行李复杂得多。听着肯尼·基(Kenny G.)用萨克斯演奏的《回家》,乐器弯弯曲曲,乐曲婉转悠扬,听音乐的心情也是九曲回肠。

独自回家,静静的,不热闹,也不想高调,因为成绩非常有限。既不封侯,也不挂印,当然够不着荣归故里的标准。汉高祖刘邦回家,"大风起兮云飞扬,威加海内兮归故乡",已是"小天下"的"寡人",拥有"率土之滨,莫非王城"的功成名就。车驾銮舆还故乡,红旗招展,锣鼓喧响,美女随行,"拿着些不曾见的器仗,穿着些大作怪的衣服",是成功人士的回乡标准。很多"朝为田舍郎,暮登天子堂"的人衣锦还乡,大体都是这个仗势,仅仅是称谓高低、规模大小、随行多少的区别而已。访学一年,愧对家乡父老,没有谋得一官半职,本来就没有太大的底气,也搞不了那些阵势。学海无涯,专业精深,我不敢肯定是学成归国,敢肯定的只是我不曾虚度光阴,一直在学习和思考。悄悄地回去,免得有人问"西去取经,经卷几何啊",虽然文献看了不少,要口若悬河说出道道,也非易事,只恐他人发现高调刺破泡泡,就像《般涉调》的刘三一般——"谁肯把你揪扯住,白甚么改了姓、更了名、唤作'留学生'",因此,低调可以减少不必要的烦恼,以静心思考归来后应有的步调。

虽然我赞同陶渊明《归去来兮辞》的"富贵非吾愿,帝乡不可期",但是,我认为"门虽设而常关""请息交以绝游"应该不是"知来者之可追""觉今是而昨非"的生存态度。回归自然、回归天性绝对不意味着自我封闭与世隔绝,因为现在是一个开放而多元的世界。低调并不是养鸡养鸭、种花赏草,"不为五斗米折腰"也不是不要五斗米,而是要挺直腰杆超越五斗米的高。其实,出尘是容易的,撒手不干就是了,入世并不易,生老病死都必须面对,"出淤泥而不染"更不容易。要做成一件事着实不容易,工作要积极,职业要道德。

虽然只是离开一年时间,也借助网络一直在远程工作,归来发现,工作确实有点"田园芜胡""草盛豆苗稀",需要"晨兴理荒废"。第一件事就是整理资料,梳理清楚研究进展、存在问题,订下本期研究任务与目标。第二件事就是召集研究生开会,界定我与学生的工作任务和讨论议题可能突破的重点,其他就是完成学院以前和当下安排的事务。每天按部就班到办公室,"门虽掩而常开",兼容而独立,半个月后杂务减少,自由支配时间增加,还有点时间回味取经味道,并与《西游记》对照一下。

《西游记》里的唐僧是奉旨取经,历史上的玄奘多次申请出国取经被拒,于是铤而走险偷渡出境。2001年我参与硕士导师肖教授的"安西县旅游规划研究"课题,翻阅历史得知:玄奘在玉门关没有通关文牒,被抓回关内好几次,但依然矢志取经,夜晚趁着守兵瞌睡,绑带自己从城墙上悬垂而下,城外的葫芦河水流湍急,强行渡河的玄奘险象环生几乎丧命。玄奘后来过塔克拉玛干沙漠、帕米尔高原也是九死一生,虽然没有妖精拦路,经历的磨难与《西游记》里应该不相上下。相比之下我幸运得多,在国家留基委西部项目资助下公派出国,衣食无忧,回首留学期间的些许不顺就怒火中烧,莫名其妙之外哑然失笑,大多数无名之火,真的没必要。世界是用来学习的,取经是用来修心的,不遂心正是磨心,心不磨怎会有心得?

与《西游记》一样,玄奘取得真经归来,受到唐太宗李世民的高度赞扬,隆重接待,但小说与事实并不完全相同。小说描述"长老捧几卷登台,方欲讽诵,……有八大金刚现身高叫……放下经卷,跟我回西去……长老亦将经卷丢下,……相随腾空而去",到了西天,如来封唐僧为旃檀功德佛、悟空为斗战胜佛、八戒为净坛使者、沙僧为金身罗汉、白龙为八部天龙。吴承恩,显然没有超脱金榜题名式的功德圆满理念,"净坛使者是个有受用的品级"更是明显体现。显然,吴承恩晚出生几百年,但境界没够得上历史中的玄奘。玄奘婉拒唐太宗令其还俗做官的旨意,完成了钦定专著《大唐西域记》后,每日带领团队翻译佛经。据百度词条"玄奘"记载:玄奘从公元 645 年 5 月到公元 663 年 10 月,17 年 6 个月期间翻译佛经 1335 卷,平均每年 75 卷,每月约 6 卷多,也就是每五天翻译一卷。这哪里是与世无争立地成佛的和尚,分明是与时间赛跑以苍生为己任的工作狂。直到无常将近,召集僧人相见时候,玄奘还为僧人们读他所翻译佛经而欣慰。公元 664 年 2 月 5 日中夜,弟子问:"和尚一定能生弥勒天吗?"玄奘回答说:"一定能。"玄奘法师死后,据传在长安有上百万的人给玄奘送行,因为他用佛教经典点亮了人心，解除了恐惧，培养了希望。无量功德，莫过于此。

　　玄奘所翻译的《般若波罗蜜多心经》广为人颂。纵是千年后，即便不识字，也知道"色不异空，空不异色，色即是空，空即是色"。《心经》我早就读过，也经常吟诵，依我理解，空就是人类的认知，而色就是客观世界，人类的智慧在于认识这个世界并超越物质世界和物质感官，获得心灵的自在。玄奘的《大唐西域记》以前我没有好好读过，趁着几个晚上空闲，翻阅了一下，发现，他从地理学角度详细记录了西域各国的山川、地貌、河流等自然地理景观和语言、服饰、艺术、政治、宗教等人文地理景观，笔法细腻，视角客观，书本中似乎没有我，是色的境界。我的《对话异托邦》记录的全是"眼耳鼻舌身意""色声香味触法"，视角主观，"心有挂碍"，书本中全是我，是欲的旅程，是《心经》中必须"无"的部分。他是高僧，"本来无一物，何处惹尘埃"；我是俗人，"时时勤拂拭"，也未必能"勿使惹尘埃"。虽然我不是做和尚，但和玄奘一样，我一直都在观察和学习，希望做到他那样自度度人、自觉觉他。学习过程，核心就是悟，虽然我知道，悟，并不容易。唐僧的三个徒弟悟性不同，悟道的层次不同，成就也各异：悟净是感知和学习的最低层次，能够感知世界干不干净，美不美好，需不需要改变；悟能是感知和学习的较高层次，意识到能力在改变世界中的重要性，能力大改变世界的范围也大，能力小改变世界的范围也小；悟空则是最难领悟的层次，要从客观世界中抽象出形而上的规律，从无变为有，这是创新过程，就像从石头中蹦出个猴子，着实不易。但是，一旦了悟，凭借克隆，十万毫毛也会变出十万悟空，不再是神话。

归去来兮，时空压缩，世界虽大，实为心之一隅。淡漠了繁华，远离了寂寞，只为乐土。土在脚下，乐在心中，心需无我。

对话时间

回来后，拿着纽约留学中心的留学证明复印件到学校报到，填完相关的表格，标志着一年留学经历完毕。以后的档案中、简历中，都会加上一行：2015.8—2016.8，美国中田纳西州立大学高级访问学者。历史是有记录的时间，记录得多，历史饱满，记录得少，历史空瘪。与档案一样，历史总被文字压扁。档案用标准格式记录人的历史，框架里的文字有如冰箱的食物，外面冻结着冷冰冰的时间。作为历史的当事人，用经验和回忆浸泡档案、解冻历史、传递温暖，发现，在感情的滋润下，像干货的档案文字，也多少会呈现出当日的新鲜。

我的故乡是湖南会同，会同取名来自于"宗庙会同"，就是"大家一起到宗祠里拜祖先"的意思。据考古学家发现，会同新石器时代的文物众多，更有学者基于大量考证提出会同是"炎帝故里"的观点，2009年会同县政府在人民大会堂召开了该观点的新闻发布会。如果没有那些破碎陶器、简陋岩洞等物质凭证以及连山易、"水书"等古老的图形、文字等文化凭证，高古的历史可能会掩埋在时间长河里，无人问津。记录，是历史的基本课程，也是地理的基本工具，缺乏记录工具，历史虽有却成为无从追溯时间空白，区域丰满也被抽象为均质空间。文字是最重要的记录工具，难怪仓颉造字时候惊天地、泣鬼神，因为天地鬼神都将因为文字记录而在历史中现形。文字记录着被风干的历史，可能并不能给你充分的营养，但会给你充分的风味。就如会同腊肉，精选瘦肉、用盐腌制、香料浸渍，挂在檐下炕上风干，经冬之后，无论翻炒、爆炒、慢炖，都色泽鲜艳、韵味悠长，虽不能取代新鲜果蔬，却是不能缺失的念想。

  作为抽象的符号，文字所指具体，能指无限。理想、善良、秩序、和平、权威、神仙、自由、理性、功利、道德、竞争、正义，无不是一个个抽象的符号，这些符号搭建了历史与现实的桥梁，古今人类的感情也总是因符号而发生关联，人们也总是追寻历史符号的新含义，去发现超越符号的情感。会同是侗族、苗族、瑶族聚集的地区，粟裕大将是侗族的杰出代表，是我们的骄傲。我也属侗族，说来惭愧，表现并不好。我会说标准的汉语，曾经是学校的广播员，也会说不地道的英语，但是听不懂侗话，不认得几个侗字，不会说侗语（已经顾不上地道不地道了），语言文化符号能力几乎为零。博物馆的侗族服饰，如果不穿在自己身上，其实就是别人的一个符号，如果不能正确解读，就是一个属于异化的符号。没有了文字的记载、语言的传承，再认识民族文化及其心理是一件困难的事情，因为历史与现实被割裂。2015年10月湖南师范大学在中田纳西州立大学演出，主持人介绍自己是湘西的苗族，问是否有中国的少数民族朋友，我骄傲地站出来回答：我是。有朋友赞扬我那晚的英语字正腔圆，我有点欣赏自己的勇敢，更多的感慨是我还没有忘本，虽然缺少其他特别的记录方式，单是"侗族"两个字，就是芸芸众生中显示自己与众不同的特殊性，是记录在身体基因里面的独特历史标签。

历史会记录很多的可笑、可鄙、可怜、可恨，回首总能见到伤痕累累，也许你不愿、不见、不念、不烦，但就是不散，即便没有文字，也会记录在案、在心间。美国归来，其他人都赞叹，英语不简单哦，其实不然。听、说、读、写四项英语技能中，我口语最烂。中学时代，英语老师是俄语转班，录音机是我们共同的教练；中学之后，芷江师范没有开设英语，教育学院也没开设，研究生考试六十几，但口语基本不练；硕士期间过六级要考听力，但没有口语要求。博士期间因为入学成绩87，英语直接免修，想学口语也不得。2012年出国前进行英语培训，一张口技惊四座，大家都认为我的"法国英语"特色浓厚。两次美国之行，全方位纠正口型、口音，从磕磕巴巴到勉强生硬再到基本流利，口语终于不再是心病。历史在后，人生向前。随着时间流逝，美好会包容缺陷，回忆会忽视弱点，历史越长越如此。有限的文字记录中，有时候会以偏概全，只有自己才明白个中究竟或者各种心酸。但无论如何，唯有超越，才不会沧桑满眼。

　　文字记录的多是亮点，硕士博士文凭、教授博导头衔，都会让人另眼相看。但时间会泡大尼罗河里的面包，欺骗平凡的眼。一次回乡，隔壁家小孩读初中，他的老师是我原来的中学同事。据说他经常介绍我成功的经验，为了博士教授的理想，每日每夜都在奋斗，每时每刻都在看书。这将我吓了一跳，他介绍的成功人士我敢肯定不是我，但不知道是谁。因为，我并不那么功利，也不那么刻苦，他刻画得"高大上"，可能有我的影子，也可能是他自己的影子。读点书、明些理、有点自由，才是我真正理想。有点努力，但绝不苛刻自己，绝对不"头悬梁，锥刺股"，按时吃按时睡；有点折腾有点烦躁，也绝对不会愤世嫉俗，就是要求自己仔细点、耐心点、看远点，不要纠缠。一日，我突然明白，他是将励志文学、心灵鸡汤之类的主人翁浇灌在我的影子上,那类故事都有一个共同点:无限放大优点,不管是否失真。作为历史的文本,解读文本的情感需要有类似经历,解读的基点和范围才不会出现太大的偏差,看到文字就开始引申、猜想,往往会被时间欺骗。虽然,我们的人生一大半时间在阐释别人的经验、理想和人生,诸如自由、梦想、名气、正义、成功、幸福,等等,但由于缺乏共有经验,有时同一话语的含义,因人而异,甚至隔膜连连。《红楼梦》里的赖嬷嬷叹道:"哥哥,你别说你是官儿了……你哪里知道那'奴才'两字是怎么写的!"可是她的主子、她的孙子对她熬出来的幸福理解并不充分。我理解赖嬷嬷幸福的痛苦,就像我努力工作、约束自我实质上是为了我所理解的自由,不过我的辛苦是自主选择,她是不由自主。

　　四季轮回,历史前进。生命从无到有,世界不断进化,人类思维不断向前。现代以前,由于认识局限,我们依附于自然,自然的无常和神灵的神秘左右着人的命运与归宿,人是自然的附属物,被命运等神秘力量左右。我们按照"弱肉强食,适者生存"的自然法则塑造我们的社会,按照超自然的神秘来塑造我们的宗教和信仰,也按照自然逻辑来建立血缘关系、食物关系、环境关系,并以此塑造着自己的情感——亲密或者疏远,敌对或者恩情,富裕还是贫瘠。启蒙运动后，人对自身的知识与理性认识越来越深刻，自由、平等、解放、民主被认为是天赋人权，社会发展的力量来自于人及其实践。理性取代了权威，科学代替了迷信，上帝死了，知识英雄带领着人类认识世界发现规律，如尼采所说"人为自然界立法"，制造机器，生产产品，超越自然并按照人类的标准征服了自然。被解放了的人推翻了奴役，构建了契约社会。因此，虽然这世界上还存在"奴隶"社会及其思维，黑劳工、童工偶见报端，但是，我们的历史已经跨越了奴隶时代。

工业化、现代化进程是一个资本主义的标准物化的过程，围绕机器，我们制定技术标准、生产标准、执行标准，甚至我们的情感和梦想都被标准化，诸如《男女恋爱的五步法》《考研红宝书》《成功的20条秘诀》等就试图将我们灵魂深处都驯服得标准。虽然产品标准化是市场化的主要影响因素，但是，太标准了，就不值钱，就像美女，如果都整容成为韩国美女，那也就不美了，而那些让人难忘的，都是特色显著的，不管风景、美女还是艺术品。因此，进入后现代的世界，不是标准而是美与创造主宰着社会，理想国从大同世界的乌托邦（Utopia）到和而不同的异托邦（Heteropia），在标准上再创造，独特而不同，个体的、地方的、情感的、时段的历史，都体现着异质魅力。异质性（Heterogeneous）

的世界更有意思，意味着更多体验、更多经验、更多质疑、更多情感，后现代世界将是围绕着情感而展开的世界，万般情、万般恨，都可以记录在历史中，虽然可能被遗忘，但岁月永远冲不去。多年过去后，我们读这些记录，不仅是读事实，更多的是在读人类的情感，就像《庄公克段于鄢》中充满着偏爱、自私、引诱、面子和无奈，冰冷的时间隧道里始终弥漫着人间烟火与气息。

人生在世，要记录的实在太多，不仅要记录生老病死的自然状态，更多要记录善恶美丑等社会状态。不同的时代应该有不同的体验，记录需要跟上时代的节拍，但时代节拍往往大众化，记录太多的时代特征也许覆盖自己。成功的经验更多，传记多半记录成功的独特性而教科书记录更多的是成功的一般规律，但是，要从一个词语转化为现实着实不易，需要自己独特的经历融合。独特是存在的根基，如果缺乏这一点，可能不会真正成功。其实，每个人都在经历，每个人都在体验，无论我们经历多么平常的事情，都需要记录下个人的独特的经历。但不是每个人都在记录，只有独特的人在独特的时间、独特的地点拥有的独特的感受和领悟，会选择独特性记录。这种独特的时间记录，除了本人，好像没有人能够胜任。自我记录，可以保持独特、内容全面，但是难以客观。既做运动员又做裁判员很容易产生道德风险，独特信息缺乏监督，监守自盗、欺世盗名也不是没有可能。白居易有诗："周公恐惧流言后，王莽谦恭未篡时。向使当初身便死，一生真伪复谁知？"事实是判断记录的标准，记录需要经由历史检验，墓志铭可以说是历史检验的开始。

墓志铭，作为人生记录的句号，是唯一不能由自己记录的，但历史，也有例外。据说美国的史考伯给自己写了个墓志铭："这里躺着一个善于与那些比他更聪明的下属打交道的人。"狄金森写诗说：

我为美而死，对坟墓
几乎还不适应，直到一个为真理殉葬的勇士
成为近邻……我们黑夜相逢，像亲人
在隔壁房间谈心，直到青苔长到我们的嘴唇，覆盖掉
我们的姓名（在江枫翻译基础上略有改动）

这几乎是她的墓志铭。在中国，欧阳修的《泷冈阡表》、袁枚的《祭妹文》都是为亲人写的，情真意切。但墓志铭的历史检验多半靠不住。因为人死为大，隐恶扬善，以至于事实往往退居二线。王安石的《泰州海陵县主簿许君墓志铭》慨叹"士固有离世异俗，独行其意"，"有拔而起之，莫挤而止之"，委婉点明缺点，已经非常难得。大多数铭文是墓主

人或者后人授意、请人代写的结果，记录的内容几乎没有缺点。因为需要交易的产品或多或少都会进行加工制造，价格越高，包装越精美，以至于有批评说最完美的人是在追悼会上刚死的人。最幽默的是钱锺书的小说《灵感》，某资本家请作家为其五十大寿在报纸副刊上写几千字的颂词，结果像追悼会上的悼词，反折了福气，该富翁当晚即逝，副刊成了讣刊。可见，盖棺未必论定，墓志铭的记录，还会经受更多的检验。

时间是客观的最终裁判，我始终相信，那些缺乏客观支持的文字或者历史都会被抛弃。《对话异托邦》主要是以文字为主、照片为辅记录我独特的美国生活经历。这年我四十六岁，未知天命，尚有梦想，试图在故乡异乡、历史未来等方面展开多维度多层次对话，因此，肯定不是墓志铭的写法，也非追悼会上的表白。文字描述的时间、地点、人物、事件都是客观的，情感是生动的、活泼的、有血有肉的，证明我这个小人物，还区别于行尸走肉而活着。我在尝试解剖自己，但不像卢梭的《忏悔录》一样辩护，因为，我没做过任何亏心事，用不着灵魂救赎。我只希望自己能够保持良心、维系正义、追求美好和热爱创造。《对话异托邦》按照理想超我记录现实自我，是饱含感情的主观记录。不做裁判而静等社会裁判，这是自我记录的基本标准，记录的最高标准应该是：

真实的、有益的、优美的。对此，我在努力中。

美国这一年，我穿梭于地理、哲学、经济、文学中，在现实、想象等不同空间转换，试图理解这精彩纷呈、多维而异质的地球家园，以后现代的理念，公正客观记录历史，饱含深情对话时间。

后　记

　　回国后这两年来不平静，时代在前进，身体在后退，难免焦躁，虽然不是寝食难安，但睡眠确实不好。最初是到雾霾深处的某市开会，回南宁后咳嗽不断，夜里一点至三点尤为严重，后来经过慢慢调理，两三个月后逐步正常。但是，晚间睡觉质量远不如从前，白天也时常不安，后来到医院检查，心脏有异兆，需要稳心定性。一两个月后，渐渐稳定，决定打羽毛球锻炼，夯实身体基础。但欲速则不达，结果拉伤肌肉，疼痛难忍，连睡觉时候都需要用冰敷，才能将那热辣辣的痛压制，又过了三个月，腿脚才恢复如常。健康状况大不如前，身体时不时闹点事儿，几经折腾，精神日渐萧条。睡得晚，醒得早，梦醒时分，往往漆黑一片，坐等黎明慢慢地到来，真想给黎明记个迟到。

　　陈淑桦曾经有首歌叫《梦醒时分》，是李宗盛填写的词曲。"爱了不该爱的人""尝尽人世间的苦""感到万分沮丧""开始怀疑人生",所以"何苦一往情深"。这首歌自言自语,缠绵悱恻,很感人很流行,年轻时的我也跟唱。那会儿的我,和年轻人一样,对梦醒没什么概念,几乎不存在梦醒时分,因为梦太多了。繁华入眼,美景入梦,连绵不断,一个接一个,爱情甜蜜,事业辉煌,层出不穷,一个比一个精彩,连尚未到来的未来,也是梦的一部分。年轻的梦似乎是不醒的,梦醒也就是刹那,只存在分分秒秒,不存在时时刻刻,隔着玻璃看别人,梦醒时分就是歌里面哼哼,像雾像云又像风。成家立业后,压力山大,得踏实勤奋,竟然没时间做梦。熬夜凌晨,头重脚轻,勉强知道床在哪里,根本不知道梦在何方。晚上倒头就睡,清晨鲤鱼打挺,穿衣刷牙洗脸吃饭,忙乎孩子上学,然后工作开始,等到上班结束,孩子已经放学。忙忙碌碌,走路如飞,梦却停滞,因为几乎没有时间存在,梦醒了,天也亮了,梦醒时分像一个没有停靠的站台,动车飞过不留痕迹。

　　人到中年,有了点时间,可盘点以前的梦,实现的寥寥,大多数没了踪影。入梦很难,甚至连云淡天清、和云伴月地睡上一觉、寻个好梦,都成了苛求的梦想。熬夜的身体四处透风,疲乏的眼皮不能紧闭,人整个儿就像稀疏的篱笆,梦随便就能出去溜达却不愿回家。树本来就不静,更何况风不止。牛快遭鞭挞，人善被恶欺，疯人谈理想，君子都遭殃。这时候才明白，梦醒时分不会有歌，有的多半是寂寞、冷清、灰心、无奈，当然还有其他。例如，李宗盛有歌，因为他还梦想着"再来一个梦醒时分"，歌里也有纠缠，就是不知道他那"爱了不该爱的人"是谁。

梦醒时分最大的苦痛就是因为梦不见了，也没有成真——美食还没到口，美景消失了，连人也不见了。这会子，想钻回梦里可能门都没有，因为从梦想到现实，从虚入实，到处都有门，从现实到梦想，由实入虚，门缝太窄，只有灵魂能够挤得进去。梦很任性，来去自由，几乎不受约束，难以伺候。例如，睡觉要暖，睡得要沉，不能饿肚子，更不能有脾气，否则，它就给你来个噩梦。噩梦醒来，应该是人生的第一大快事，无论是从冰冷刺骨的地狱中逃离，还是从战火纷飞的煎熬中解脱，无不是冷汗淋漓，暗自庆幸已逃出生天，回到人间。可这种梦醒时分，既不想回到噩梦，也不能马上回到白天，对着暗夜干瞪眼，只有等被时间的沙漠风干。

在中国成语中，关于梦的成语非常多，对待梦的态度也很有意思。梦想成真、梦笔生花，大家都羡慕嫉妒梦竟然有真的。黄粱美梦、南柯一梦，大家都讥笑惋惜梦是当不得真的，至于痴人说梦，那是一派胡言，鬼话连篇，恨不得过去提头拽耳摇醒他说那是假的。同床异梦，不管床在哪里、睡在哪里，梦都可能相差十万八千里，已经顾不上真假了。因此，如何判断梦的价值是一个值得深思的问题。在中国，哪个人的梦好，好到哪个程度，实质上是看梦实现的程度，难免功利主义色彩。成者为王败者寇，小人物的梦想太小了，不起眼，可以忽略，王者梦想是众望所归，与王者梦想兼容是大势所趋。介之推不言禄，他为君王做了贡献竟然不讨官职而梦想隐居山林，与晋文公的春秋大梦不一致，不仅禄不及此，还被放火烧山，冒出寒食的缕缕青烟。秦始皇更厉害，横扫六国，涂炭生灵，焚书坑儒，造成噩梦连连。汉代独尊儒术，回归家庭伦理，老婆孩子热炕头是最好的梦。唐代引进佛教，放下屠刀立地成佛，怒目金刚是要不得的。宋代赵匡胤说得直接，"卧榻之下岂容他人酣睡"。明代连梦呓都成为东厂监控的对象，可作呈堂口供。清代有《红楼梦》大厦将倾、飞鸟投林，那是中国帝王将相历史的梦醒时分。面对梦醒时分，帝王将相中，最可怜的是崇祯，他是个大好人，但是上吊了，最圆滑的是爱新觉罗·溥仪，他写的《我的前半生》依然在梦中。

梦经常变化多端，梦难寻是一个普遍的喟叹，如果连续做一个梦，梦也会变得神奇，梦的连续性会造就不同的人。西方有谚语，人因梦想而伟大。持之以恒的梦想会造就伟人，马丁·路德·金说："我有一个梦想。"涉及种族平等的宏大叙事的梦当然伟大，他也因此而成为美国历史上的伟人。但历史上并不是只有伟人的梦才伟大。西方有些犬儒主义者，他们衣食简陋，随遇而安，欲望简单，形同乞丐，被人称之为犬。这种犬儒，并非卓别林电影《狗的生涯》的主人公那样，因为是工业社会的底层小人物，被时代被动地折腾来折腾去。真正的犬儒主义者对物质社会有清醒认识，本可以进入有车有房有地位的行列，但他们坚持自己简单的梦——克服欲望、自足于美德，这点与介之推很相像，但犬儒主义的代表第欧根尼的命运与介之推大相径庭。相传年仅二十岁的亚历山大大帝大权在握、意气风发，东征前夕屈尊去拜访住在木桶里面、整天痴人说梦的第欧根尼。大帝说："第欧根尼，我可为你做点什么？"第欧根尼说："能，站到一边去，你挡住了阳光。"更让人吃惊的是亚历山大大帝的回答："如果我不是亚历山大，我愿成为第欧根尼。"

晋文公对自己的恩人赶尽杀绝，亚历山大大帝对异己大度如此，五十左右的晋文公比不上二十岁的亚历山大，这让人感慨嘘唏。究其心理原因，晋文公和介之推都处于梦醒时分，一个知道有难共当只是曾经的梦，一个知道有福共享也仅仅是个梦，而亚历山大大帝和第欧根尼两个都在梦中，一个梦想帝国无疆，一个梦想自由无限。没有框定的边际，正是对梦想最好的呵护,小人物不失赤子之心,大人物也不失赤子之心。令人感动的是,小人物敢于坚持自己的梦想,说出自己的真话,而不是梦话;大人物善于听真话,而不是胡话。梦醒时分,面对凋零的现实,需要真实的勇气,要不噩梦会不断,下一场美梦也难成。介之推的悲剧在于,他不辞而别,不敢当面说不,其实早知如此,何不当面说不,即便挨斩,也是痛快。第欧根尼,勇气地走进真实,剥掉了梦的衣裳,将所有欲望几乎都剥离出去,食不果腹、衣不蔽体,没有体面,没有知己,宁可曳尾涂中,也不失去自由的信念——这才是他真正的梦所在。

中国文化中,梦如水月,不可捉摸。西方认为梦是客观的。马克思就认为,梦是人对世界的主观反映的一种形式。弗洛伊德《梦的解析》用科学的方法分析和研究个体的梦的材料、梦的过程,他发现,潜意识是梦的本底,梦与愿望满足程度相关,稀奇古怪的梦是有原因,也有动力的。因此,需要深入剖析,梦在哪种程度上是真的?哪种程度上是有理的?因此,就会存在既有道理又可实现的梦,不过,那就不是梦,而是理想。

梦与理想之间距离很近,中间只隔着理性的河流,需要有勇气跨越。